发展叙事理论

生活史与个人表征

[英] 艾沃·古德森（Ivor F. Goodson） 著
屠莉娅 赵 康 译

Developing Narrative Theory

Life histories and personal representation

 华东师范大学出版社

Developing Narrative Theory：Life Histories and Personal Representation
by Ivor F. Goodson

上海市版权局著作权合同登记　图字:09-2019-146号

致我的祖父母，詹姆斯（James）和爱丽丝·古德森（Alice Goodson），

他们的十一个女儿和他们的第十二个孩子

——我的父亲，弗雷德（Fred）。

“我们是一个非常坚韧的家庭”。

他不仅在人们给他讲述的故事中找到了亲切感，还发现了奇迹和前所未见的感觉。

C.P.斯诺（C.P. Snow）

目 录

图　表

中文版致谢

艾沃 · 古德森

我想感谢赵康博士在中国推广我的著作和他在出版这本书的过程中所做的工作。正如我们在引言中所揭示的，我们具有长久的友谊，他教给我许多中国文化价值和中国社会的历史。这种文化合作在帮助我理解中国人，而且实际上在理解儒家思想价值方面，起到极为重要的作用。因此，我感谢多年来他在与我合作过程中所发挥的作用。

我想感谢刘正伟教授所提供的教学和学术交流机会。正是这个机会使得翻译这本书得以成为可能。此书由屠莉娅博士和赵康博士各翻译一部分，由屠莉娅博士对全书译稿进行了严谨的统稿、审阅和校订。因此，特别感谢屠莉娅博士最初提议翻译此书，感谢她联系华东师范大学出版社，感谢她在与编辑讨论翻译此书的过程中所做的工作，感谢她在翻译此书的过程中付出的大量辛劳和时间。

总之，感谢多年来与我合作过的中国学者。其中一些学者曾以长期访问教授的身份来到英格兰，到我所工作的大学访问我，特别是徐玉珍教授和高政博士。在我 2006 年在南京和北京工作期间，他们帮助我联络了众多的中国学者。我还要感谢翻译我著作的早期译者贺晓星博士。

同时，2015 年我在浙江大学作为访问教授的教学经历，帮助我拓展了新的学术合作。

致　谢

感谢莉兹·布里格斯(Liz Briggs)无尽的幽默、耐心和忍耐。感谢第一章中提到的研究团队,特别是斯宾塞项目(Spencer Project)中的玛莎·富特(Martha Foote)和安迪·哈格里夫斯(Andy Hargreaves);瑞姆特项目(REMTEL Project)中的特蕾莎·凯瑟拉(Teresa Khyasera)和沃尔特·弗农(Walter Vernon);移民项目(Diasporas Project)中的阿纳斯塔西娅·克里斯蒂欧(Anastasia Christou)、杰宁·吉瓦-蒂林(Janine Givati-Teerling)和拉塞尔·金(Russell King)。最后,也是最有力地,感谢所有投身于最近的"学习生活"(Learning Lives)研究项目的研究团队的成员——尤其是在数据采集和智力协作方面:跟我一起工作的诺玛·阿戴尔(Norma Adair)以及迈克·特德(Mike Tedder)等;与我紧密合作撰写《叙事学习》(*Narrative Learning*),并且和所有其他同事一样,深刻地影响了本书观点的格特·比斯塔(Gert Biesta)。

本书所呈现的研究是一个积累和合作的过程,我要感谢以上提到的所有人。

最后,还要满怀着爱感谢我的妻子玛丽(Mary)和我的儿子安迪(Andy)。

中文版引言

艾沃·古德森　赵康

2008年秋在英格兰埃克赛特大学圣·卢克斯学院的一间教室，古德森教授受邀出席了一个博士论文答辩会，答辩人是一位来中国的学生。他对这位中国学生的博士论文表现出极大的兴趣，并提出了许多深刻的问题和独特的见解。此后，他们一直保持着友谊，持续着学术上的交流。当年的这个中国学生就是本书译者之一赵康博士。七年后的2015年，由时任浙江大学教育学院副院长的刘正伟教授提议，通过赵康博士联系，邀请古德森教授来浙江大学教育学院讲学。古德森教授接受了邀请，在到达杭州的近两周时间里，为浙大教育学院的博士生们呈现了他学术生涯不同时期的工作与成就。其间屠莉娅博士与古德森教授作了深入交流，表达了把古德森教授的一些著作翻译成中文的想法。古德森教授欣然同意，并最后决定将他那时的新作《发展叙事理论》（*Developing Narrative Theory*）作为翻译书目。

一直以来，在西方教育研究领域，古德森教授以运用生活史方法研究课程和教师而闻名。可以说，生活史研究和叙事研究是古德森教授学术生涯的特色。《发展叙事理论》一书，基于古德森教授多年来在欧美各国主持和参与的以生活史研究为主要研究方法的大型研究项目，通过呈现和深入分析大量一手访谈资料，归纳出了西方现代社会中人们的四种叙事类型或生活故事种类。这本书揭示了现代人是如何以不同的方式持续地建构他们的生活故事的。他深度挖掘了这些叙事类型与西方现代社会中人的身份认同、学习和能动性之间的关系。古德森教授强调，在所谓的后现代状况中，虽然灵活应对社会变化和经济变化是必要的，但同样重要的是要把个人的生活叙事与更广阔的社会目的连接起来。

虽然作者的研究是在西方现代社会的环境下开展的，但是书中处理的现代人的身份、学习和能动性等问题，对于同样经历科技跃进、人口迁移和新经济发展及其影响的中国社会和中国人而言，有着极高的相似性。这些问题常常会以故事的形式呈现出来，社会科学研究者也经常运用叙事研究方法来探索和分析这些问题。所以，该书对关注叙事研究及其运用的中国研究者、教师和学生，应该会有大量值得借鉴和启发的地方，特别是对那些探索现代人的身份认同、教育、学习以及能动性等主题的研究者来说，尤其如此。

这本书的观点是：关于生活的研究，在可能的情况下，应该不仅提供一种有关**"行动的叙事"**(Narrative of Action)，而且应该提供情境的历史或**情境的谱系**(Genealogy of Context)。古德森认为，他完全知道这种说法会招来改变"故事讲述者"和"研究人员"关系的巨大危险，并且会让二者关系的平衡状态进一步向学术性的一端倾斜。

研究教师生活时，我们在发展真正合作的过程中不断寻找的是：故事讲述者和研究人员之间切实可行的"互惠点"(Trading Point)。古德森相信，这个互惠点的关键是研究人员的有差别的结构性定位。在发展"情境的谱系"方面，从事学术研究的人拥有时间和资源与教师进行合作。比如：

> "大部分正在出现的关于教师生活的研究成果，产生了不少结构性的洞见；这些洞见把教师生活置于学校教育所处的高度结构化而又根深蒂固的环境中。这为外部研究人员提供了一个基本的'互惠点'。在作为研究者的教师和外部研究人员之间的合作中，颇为可贵的特征之一就是：它是一种在结构层面处于不同位置的双方的合作。其中，每一方都透过一个不同的实践及思想棱镜来看世界。这一可贵的差异可能会赋予外部研究人员一种在'互惠'中提供"已售物品"的可能性。教师/研究者提供实证资料和洞见；而外部研究人员，通过以不同方式追寻对结构的认识，现在也会带来资料和洞见。互惠的条件，简言之，看上去是有利

的。在这样的条件下，合作最终得以开展。”①

除此而外，虽然像本书的书名所表达的那样，这本书是对叙事理论的一种发展，但是它所基于的丰富的一手实证资料，使其发展和表达出的理论极具说服力、鲜活性和原创性。近些年，随着质性研究在中国的发展，以叙事媒介为研究方法而开展的研究也越来越多，然而对于叙事方法理论的研究和理解，中国研究者较多地关注方法论层面的已有理论的探讨，或较多借鉴文学领域的叙事理论。该书则从社会学和教育学领域为中国叙事研究者提供了理解和运用叙事的新视角和新资源。

关于叙事研究，一直以来持续讨论的一个议题是：是否应该推广那种本质上忽略历史情境和社会建构的叙事模式。这种被称为“叙事探究”（Narrative Inquiry）的模式在很大程度上未必适合中国的情境，而在这本书中发展的叙事理论试图强调历史环境、社会环境以及先辈们的愿景。这使它更多地符合中国文化的悠久历史和中国对历史情境的尊重。在中国的社会科学中给本书中所提倡的叙事模式以应有的位置是重要的。与古德森类似的众多西方学者，对中国文化和社会怀有极高的尊重，而这需要反映在中国学术共同体内部所推动的任何方法论之中。本书的中文版恰恰试图致力于此。

---

① Goodson, I. F. and Walker, R. (1990) *Biography, Identity and Schooling*. London, New York and Philadelphia: Falmer, pp. 148 - 149.

第一部分
研究生活叙事

第一章 引言：研究生活故事和生活史

从我生命的早期开始，我就被人们对自己生活的建构和呈现方式所吸引。那些生活故事栩栩如生，伴随着轶事、笑话和家庭照片，经常在家庭聚会中被讲述，这是我成长过程中的重要部分。在一个非常注重口头文化的、有着广泛的社区根基的工人阶级家庭中成长起来的经验，也毫无疑问地增加了我对生活故事的着迷。

我的家庭是一个讲故事的家庭，故事是我们日常共同生活的一部分。它是主要的交流手段，也是我们家庭互动中持久快乐的源泉。在某种意义上，我们对于这个世界的理解是通过我们彼此分享的故事来建构和调和的。我的世界并不是以书籍为中心的。我的祖父母并不能读写，我的爸爸是一名煤气工，他用他所倡导的“手推车法”(Wheel Barrow Method)来阅读。虽然有很多单词不认识(他在13岁就离开了学校)，但是每次在遇到不认识的单词时，他就会直接用“手推车”(Wheel Barrow)这个词来代替那个不认识的单词，他坚信这样也可以了解文章大概的意思。这种“手推车法”是由父亲在校时坐在他旁边的一位也不识字的同学发明的。这个男孩以告诉校长他长大后想成为一个“口吐飞沫的园丁”(Gobbing Gardener)而出名。事实上他最后果然如愿成了园丁，所以“手推车法”最终也适用于他。

当我在八岁刚刚学会阅读的时候，我就开始意识到识字也是高度依赖于故事的。在某种程度上，年少时期通过故事来认识世界的这种独特方式并不是一个劣势，事实证明它对我大有裨益。正如克里斯多夫·布克(Christopher Booker)在他精彩绝伦的书中指出的，故事无处不在。

> 在任何一个特定时刻，全世界都会有数以亿计的人在从事所有形式

> 的人类活动中我们最为熟悉的一种活动。他们会以这样或那样的方式将注意力集中在我们称之为故事的心理意象上。
>
> 我们会在一生中花费大量时间来追随故事：讲述故事，聆听故事，阅读故事，观看电视上、电影或舞台上演绎的故事。它们是我们日常生存的最重要的特征。
>
> （Booker，2004：2）

4 我相信布克所宣称的“故事是人类日常生存的最重要的特征”的观点是完全正确的。正因为如此，当我看到我们许多的教育活动，不管是教学还是学习，即便不是对故事置之不理，但是对故事的关注也是少之又少时，这总是让我感到惊讶。为什么教育工作者在运用我们日常生存中最重要的特征时会如此吝啬？这是否同社会秩序的再生产有关？对于一个试图选拔和培养特定群体而排除其他群体的教育系统而言，故事是否太平等、太具有包容性？

过去的三年在《叙事学习》（*Narrative Learning*）（Goodson 等，2010）和《叙事教育》（*Narrative Pedagogy*）（Goodson 和 Gill，2011）两本书中，我和一群同事一起探索了故事的潜力以及支撑我们故事性存在的叙事技巧，特别探讨了故事与不同社会情境和变迁的社会目的之间的关系。

在某种意义上，也许试图去理解故事与读写能力之间复杂的并置关系是来自我成长的文化中不可或缺的一部分，至今我仍然坚守着它的本质。不同于其他的一些“奖学金男孩”（Scholarship Boys）①，我从来没有任何想要摆脱我所来自的劳工阶层文化（Working-class Culture）的愿望。我想要让这种身份伴随着我的生活历程。我“来自边缘”，但却没有强烈的要到达彼岸的愿望。一个主要的原因是我对讲故事的持久着迷和对人们生活故事的日益好奇。一个由来已久的问题是：故事在我们的一生中——在我们制定计划、梦想、情节、任务和目的的过程中——究竟发挥什么作用？简而言之，故事在意义建构中是如何发挥作用的？故事牵涉到

---

① 译者注：奖学金男孩（Scholarship Boy）是特指来源于边缘地带（小城或乡村、中下阶层、殖民地、有色种族、少数族裔等），但受惠于二战后英国复兴带来的高等教育入学机会，接受著名大学提供的奖学金而有机会接受“精英”教育的少年才俊。

什么样的认知方式？生活故事如何与身份、能动性与学习相互关联？

但是，在生活中，提出一系列问题是一回事，有机会去探寻这些问题的答案又是另一回事。我们的社会地位也会影响我们解决问题的意向和能力。因此，我非常幸运能有研究的机会去探索我对于生活故事的意义与状态的持续的追问。从1975年开始，我就参与了一系列大学的研究项目。但是我想这本书的撰写，从一个特殊的意义上而言，是对于我想要亲近普通劳工文化，不希望因为置身于大学的学术圈而最终完全脱离这种文化的内在驱动的回应。这本书是一种尝试，试图将我的学术研究转化成一套更广泛的构思和表达的想法，把这些观点通过一本书，不至于过于学术化，但是在证据使用和论证上又是严谨的方式呈现出来。

我最初的很多研究都与公共部门有关——研究那些为我们的社会结构和社会目标提供了诸多支持的教师和护士群体，调查他们的生活故事，展示个人的愿景和使命如何与专业的使命相契合，或者在冲突的情况下人们如何重组他们的工作和使命，这是过去30年来我研究的重要议题。基于这些研究出版了一系列的专著，包括《教师生活与职业》(*Teacher Lives and Careers*)(Goodson 和 Ball, 1985)、《自传、身份和学校教育》(*Biography, Identity and Schooling*)(Goodson 和 Walker, 1991)、《研究教师的生活》(*Studying Teachers' Lives*)(Goodson, 1992)、《教师的专业生活》(*Teachers' Professional Lives*)(Goodson 和 Hargreaves, 1996)、《研究教师的生活与工作》(*Investigating Teachers' Life and Work*)(Goodson, 2008)、《专业知识和教育重建在欧洲》(*Professional Knowledge and Educational Restructuring in Europe*)(Goodson 和 Lindblad, 2010)。

我大部分的早期研究都是在英格兰和欧洲其他地区进行的，但1986年我去了加拿大工作。那个时候，加拿大政府对于公共部门和公共服务有着强有力的支持，而英国则似乎有意废除社会服务中重要的部门。与此同时，在英国有关公共 5
服务的社会供给和社会分配的研究也受到了阻碍。这与20世纪80年代初英国在当时的英联邦体制下对政府进行重组的方向是一致的。如此看来，政府有意抨击或取消公共部门，以及阻碍那些探讨公共部门效用的研究，就显得顺理成章了。

在20世纪90年代早期，加拿大社会科学和人文研究理事会(The Social Sciences and Humanities Research Council of Canada)采纳了一种更广泛的观点，

即研究如何帮助我们理解公共事务。在这样的背景下，我获得了专门的项目资助，研究加拿大少数族裔移民教师的生活与工作。该研究采用了生活史的研究取向，这一研究方法作为调查和阐明研究主要问题的工具不断发展成熟。研究收集了一系列加拿大移民教师的生活史和生活故事，其中有一部分教师来源于少数族裔或少数民族文化群体。这项研究帮助我理解了生活故事研究中文化语境的重要性。对于生活史的探究不应仅仅聚焦于行动的叙事，还要特别重视生活故事发生发展的历史背景，或者是我所说的“情境的谱系”。有一项最为细致的叙事来自一位中美洲的移民教师所讲述的故事，既是一个有关文化迁移的故事，也是一个“奖学金男孩”的故事。

这个奖学金男孩的故事（当然，还有奖学金女孩的故事）是一个特殊的例子，它很好地阐释了社会结构与故事之间的关系，在特定的历史时刻社会结构如何为个人建构自己的生活故事提供可用的脚本或脚本化的资源。这个案例将特定的历史时机与被选择的学生群体——有时是劳工阶层或少数文化族裔出身的学生——并置在一起。这样的故事脉络，只要它在一定社会情境中被使用，就会使得一部分人获得特权，而另一些人沉默无语。奖学金男孩的故事在 20 世纪 50 年代和 60 年代早期被普遍地应用于世界各地。在这个意义上讲，它提供了一种社会化的脚本和社会认可的讲述生活故事的方式，它承载并支持了特定历史时期以及那一时期有关社会机会和社会结构的特定观点，也是那一时期男性明显优于女性的故事。直到最近当人们追溯历史时，奖学金女孩的故事才被给予了公平的地位（比如，洛纳·塞奇（Lorna Sage，2001）的精彩绝伦的书《敌对》）（*Bad blood*）。要正确理解这样一种生活故事体裁，就必须在特定故事脉络所特有的历史语境的背景下进行解读。从生活故事集合走向生活史建构，对历史语境进行质疑和阐释。

那些仅仅是对主流故事进行润饰或精心设计的故事集合，比如奖学金男孩的故事，在本质上都与先前预设的脚本相接近，在某种意义上而言，只不过是强化了控制的模式。为了避免这一点，我们在对叙事及其理解的追寻中，有必要从生活故事（Life Story）走向生活史（Life History），从对行动的叙事走向对语境谱系的分析——简言之，要走向一种研究方式，就是“在情境理论中拥抱行动故事”。如

果我们这样做，这些故事就可以被“定位”，成为特定时空、社会历史和社会地理中 6
的社会建构。我们要理解故事和故事脉络，就不能将这些故事仅仅看作个人建构，而是特定历史和文化机遇的表达。生活故事研究聚焦在个人故事上，而生活史研究则试图在历史和文化背景中理解故事。

把生活故事作为理解的起点，作为认识过程的开始，我们才能开始理解故事的意义。如果我们以它们为起点，我们就会把它们看作一种社会建构，这就让我们能够在历史时间和社会空间中定位它们。通过这种方式，生活故事是可以个性化和私人化地讲述的。但是超越生活故事，生活史的意图是为了理解嵌入了鲜活的男男女女生活的社会关系、社会互动和历史建构的模型。生活史的研究会思考私人问题是否同时也是公共事务。生活史的研究将我们对生活故事的理解放置在对我们所生活的时代和社会机会结构的理解之中，这种机会结构允许我们在特定时空中以特定的方式讲述我们自己的故事。

加拿大的研究项目大大地拓宽了我的研究范围，我的研究重心开始从学校教育转移到其他社会和文化场域之中，这在一定程度上帮助了我理解叙事和个人阐述是如何根据特定历史阶段和特定文化场域的变化而变化的。

后来的一些以北美为中心的研究是在加拿大和美国的大学中进行的。1998年，斯宾塞基金会(Spencer Foundation)提供了一笔可观的研究资助，允许我和一群非常优秀的同事用生活史的方法研究加拿大和美国学校在教育变革中的历史和实践。这一研究后来出现在《专业知识与职业生活》(*Professional Knowledge, Professional Lives*)(Goodson, 2003)这本书中，该书探讨了个人故事与梦想之间的冲突，以及这些冲突如何同当时教育领域的目标导向、测验导向的运动产生共鸣或相互关联。在美国的学校里，新的试图重建教育的改革举措极度无视一线教师的教育希望与梦想。这种冲突在那些最具创造性的专业教师群体中尤为突出——那些与自己的生活故事、希望和梦想有着最清晰接触的人。

随后在这个大型研究项目中，衍生出一个研究的议题，有来自两个国家的18名研究人员和一系列学校参与此项研究，探索不同模式的生活故事的表达及其意义。一些专业教师显然非常了解他们自己的生活故事和个人愿景——这是他们非常关注的问题，他们也对自己的故事进行了大量的定义和阐述。这些教师群体发现目标和测验导向的教育改革是处方型的，这与他们关于教育目标的理解是背道而驰的，甚至是高度破坏性和颠覆性的。我们记录了许多获奖教师（在美国，顶级教师常常会获得一系列的奖励）的故事，他们都发现了自己的生活故事与愿景同外部管制性的、规定性的故事和愿景之间的冲突所带来的创伤与痛苦。与此相
7 反，另一个教师群体，特别是一些新教师，通常会更容易接受外设的关于教育故事和愿景的处方，并声称，“我很高兴按照预设的脚本来工作”，并补充道，“毕竟教师职业只是一份工作”。

教师专业群体对于生活故事的意义与重要性的分化引发我们思考有关生活故事的一系列新的问题。为什么有些人花那么多时间对自己的生活故事进行内在思考和自我对话，而另一些人则不那么关心，反而愿意接受外部生成的故事脚本？这些不同类型的叙事对于我们的身份和能动性有至关重要的影响吗？人们的创造性和学习方式是否与这些差异有关？是否特定的历史时期偏爱特定的叙事类型？例如，20 世纪 60 年代被认为是特殊的，部分原因是它们提供了更为个性化的叙事机会，而当下的时代，无论是自我定义的消费者还是受到严密审查的公民，都更倾向于外部驱动的故事脚本的处方？简言之，叙事是外部结构和个人能动之间的一个重要变量吗？在理解叙事的过程中，我们是否可以找到“个人反应的 DNA”（DNA of the Personal Response）的视角？从社会学的角度来说，我们是否能在社会外部结构和个人能动之间寻找一个至关重要的“中介膜”（Mediating Membrane）或“折射点”（Point of Refraction）？

这些问题，是在千禧年早期，伴随着有关职业生活故事研究接近尾声所出现的问题。但是，任何对研究问题的探寻，尤其是在日益政治化的大学研究的基础上，都是机缘巧合和机遇的牺牲品。在这里，幸运之神眷顾了对上述问题的探索。到目前为止，我的个人之旅又把我从美国带回到我深爱的祖国，我与我的妻子和儿子一样，都深深地感到宽慰。幸运的是，2004 年，我又获得了两项大型项目的资助。如此一来，这些关于生活故事的研究问题就从我个人的研究兴趣转化为正式资助的研究考查的问题。

当一个新项目获得资助时，总会有一个甜蜜而矛盾的时刻——一个人会因为个人的研究兴趣受到公众关注而欣喜，但也会对公开的审查感到忧虑，不确定自

己研究的观点是否有"吸引力"，同样也会因为自己长久以来所执着的研究"被揭露"而有些许恼火。

这两个获得资助的项目很好地将我前期关于职业生活故事的研究和一个更广泛的研究领域联系了起来。第一个项目，名为"教育与健康的专业知识：欧洲国家与公民的工作与生活重建"(Professional Knowledge in Education and Health: Restructuring Work and Life Between State and Citizens in Europe)（专业知识项目，the Professional Knowledge Project，2003—2007），由欧洲委员会教育委员会(Educational Panel of the European Commission)委托开展。这是一项涵盖芬兰、瑞典、爱尔兰、英国、希腊、西班牙和葡萄牙等 7 个国家的多地点的研究。这项研究收集了护士和教师的生活史或者叫"工作生活叙事"，以此探究他们的生活史在应对新的"制度叙事"或政府改革时的意义。在这项研究中，你可以看到个人的生活故事如何与政府的议程发生冲突，或协调共存，或完全脱离。在不过分简化各种复杂因素的情况下，我们显然能够发现个人的生活史对于理解人们对结构性政府举措的回应是一个至关重要的因素。我们开始看到个人故事如何"折射"、重新 8
解读，甚至有时在实质上重新定向一项政府的议程。生活故事的素材让我们接触到社会规划中不可预期的要素。我们可以看到嵌入在个人生活故事之中的"个人反应的 DNA"在应对结构化的社会干预时是多么的有效。

第二个项目进一步研究生活故事和"个人反应的 DNA"，聚焦于人们在整个生命历程中的学习活动。英国的经济和社会研究委员会(The Economic and Social Research Council in the UK)决定启动一项教与学的项目，并对其进行持续的资助。该项目旨在了解各种不同的人(a Range of People)是如何学习的，不仅仅是正规的教育机构，也包括贯穿人们生命历程中的非正式的和积极的学习活动。因此，我们名为"学习生活：身份、能动性和学习"(Learning Lives: Identity, Agency and Learning)（学习生活项目，the Learning Lives Project，2003—2008）的研究项目，获得了委托立项。我们的研究试图聚焦不同类型的人口群体，包括无家可归者、寻求庇护者、创意艺术家、国会议员、普通工人和公民——简言之，就是涵盖英国和苏格兰社会多样性的所有人群。在收集了研究样本之后，我们开始收集异常详细的生活故事，以此来理解人们的身份、能动性和学习方式。在我们访谈的160人中，有很多人实际上接受了3个小时的访谈，访谈次数在6到8次之间。以此为基础，我们得以开发出一个独特的档案，记录人们如何理解和讲述他们的生活故事。

当这两个大项目即将结束的时候，我们启动了第三个项目，这个项目对于理解生活故事的素材提供了独到的见解。“反散居移民的文化地理：第二代移民归国”(Cultural Geographies of Counter-diasporic Migration：the Second Generation Returns Home)(侨民项目，the Diasporas Project，2006—2009)，是由艺术和人文研究委员会(Arts and Humanities Research Board)资助的一个为期三年的研究散居移民的项目。我们访谈了返回父母出生地的第二代移民。尽管这与传统的生活史研究相去甚远，但是此项研究在人们有关家庭和国家认同的观念方面提出了深刻的见解，使得这项研究具有极大的吸引力。受访者所陈述的关于家庭和身份的故事正是影响他们如何生活的重要因素。因此，在这项研究中，我们有可能再次探究叙事如何引导人们在现实世界中的行动步骤。换句话说，在个人的生活故事所构建的符号宇宙中所做的决策会实际地投射到真实世界的行动中。将这个项目所获得的信息同专业知识和学习生活项目所产生的大量的资料档案整合起来，为我们探索上述列举的问题提供了丰富的数据。

通过这种方式，有关生活故事研究的素材不断发展起来，它对于一系列社会科学研究都会产生巨大的作用。但是，本书特别要关注的问题，也是我先前在本章中提到的问题：人们的叙事模式有多大的区别？是否有办法对不同的叙事类型进行概念化？此外，如果我们能概念化不同类型的叙事，这些不同的叙事风格同人们在生命历程中的身份研究、身份建构、能动性与学习的模式有多大关系？在
9 本书的其余部分，我们将会看到，在研究过程中如何出现一个清晰的叙事模式，以及如何识别生活故事和叙事的诸多确定的类别。在接下来的章节中，我们会描述和阐述主要的叙事类型，在后面的章节中，则会进一步分析这些叙事类型的差异对于身份、能动性和学习的重要影响。

然而，在我们详细研究叙事之前，有必要先解释一下生活故事的研究方法，并探讨生活故事在我们自身的文化生活中是如何发展起来的。

第二章　个人生活故事在当代生活中的成长

> 当我们谈论大事，比如政治形势、全球变暖、世界贫困时，一切看起来都很糟糕，没有什么能变得更好，更没有什么值得期待。但当我思考那些微不足道的小事情的时候——比如你知道我刚刚认识了一个女孩，或者这首我们要和查斯（Chas）一起唱的歌，又或者下个月的滑雪，一切看起来都很棒。所以这将是我的座右铭——想想还是小的好（Think Small）[①]。
>
> （Ian McEwan，2005：34－35）

如今我们生活在一个“叙事的时代”，这已经成为一种普遍的共识。而事实要复杂得多，尽管叙事和故事已经成为一种流行，但叙事的规模、范围和理想已经发生了巨大的变化。事实上，我们正在进入一个特殊的叙事阶段：生活叙事和小规模叙事。正如麦克尤恩（McEwan）所说的，我们越来越偏好“从小处着眼”。

在过去的时代中，有许多关于人类意图和人类发展的“宏大叙事”。海威尔·威廉姆斯（Hywell Williams）在他对世界史的研究中指出，在 19 世纪中期人类历史与发展之间的联系被塑造成宏大叙事，这种叙事方式不断发展，在当时呈指数级增长。他说，当时出现的发展叙事常常是“轻率和幼稚”的。

> 这种发展显然是建立在物质进步的基础之上的——突然带来的更便捷的交通、卫生条件的改善和疾病的减少，这些都给西方发达国家的

① 译者注：20 世纪 60 年代的美国汽车市场是大型车的天下，德国汽车公司大众的甲壳虫刚进入美国时根本就没有市场，伯恩巴克（Bernbach）再次拯救了大众的甲壳虫，提出“Think Small”的主张，运用广告的力量，改变了美国人的观念，使美国人认识到小型车的优点。

> 同时代人留下深刻的印象。这些胜利似乎也意味着真正的道德进步。
>
> 没有人认为人类在培养圣人和天才方面做得越来越好，但人们对于建设一个有序社会的可能性有了新的信心。过去只属于受过良好教育的精英阶层的知识进步已经进一步传播开来。
>
> （Williams，2005：18）

在谈到与这些变化有关的公共生活时，他说：

> 曾经，18世纪那些持怀疑态度的朝臣还嘲笑过八卦小团体中的迷
> 11 信——一个世纪以后，更多的人们在公共集会中讨论宗教和科学、政治改革和贸易自由等重大问题。
>
> （Williams，2005：18）

在最后一句话中，我们可以看到公众的参与度如今已大不如前——公众讨论社会重大问题的想法在当今世界是不可想象的。我们更可能去讨论大卫·贝克汉姆（David Beckham）令人着迷的隐私生活或者维多利亚·贝克汉姆（Victoria Beckham）的舆论，而不太会去讨论我们可能正在进入一个对我们所有人都有严重影响的新的大萧条时代的可能性。在某种程度上，这与叙事范围和理想的衰落有关。当然，这也与政治谎言的增长有关（或称之为“编造”（Spin））。从某一立场来看，这可以算是一种新的讲故事的方式，一种小型的个性化叙事的新流派，以《你以为你是谁？》（What Do You Think You Are）或皮尔斯·摩根（Piers Morgan）的一系列生活访谈类的电视节目为代表。

我们目睹了20世纪宏大叙事的崩塌。威廉姆斯再次提出一个有价值的总结：

> 人类科学中宏大叙事的观念已经不再流行。基督教的上帝旨意、弗洛伊德心理学、实证主义科学、马克思主义阶级意识、民族自治、法西斯意志，所有这些观念都曾经试图提供某种用以塑造过去时代的叙事话

> 语。但当涉及现实的政治时，我们会发现，相当一部分叙事的话语被证明同镇压和死亡相关。
>
> 20 世纪的历史消解了物质与科学进步同更美好的道德秩序之间的关联。技术进步曾两次转向、改革，导致全球战争中的大规模屠杀、种族灭绝和种族清洗。人们认为物质的进步与道德的倒退交织在一起。福特 T 车型和毒气室都是 20 世纪标志性的发明。
>
> （Williams，2005：18）

我们可以看到宏大叙事是如何失宠的，它不仅失去了叙事的范围和理想，也同时失去了人们对其总体能力的基本信念，即引导或塑造我们的命运，或提供基本真理或道德指引的能力。在宏大叙事崩塌而留下的漩涡中，我们看到了另一种叙事方式的出现，它的叙事范围无限小，通常是个体化的——个人的生活故事。这反映了人类信仰和理想的巨大变化。除了这些小叙事，我们也看到一种向更古老、更原教旨主义的戒律的回归，它们往往基于偏见或意识形态化的主张。

叙事角色和叙事范围的转变是如何发生的？新的叙事流派是如何进行社会化建构的？在 1996 年的论述中，我提出文学和艺术通常是先于其他意识形态的文化载体，它们为我们提供新的社会脚本，并定义我们的个人叙事和“生活政治”。我曾经说过，我们应该探明“我们对故事的审视，以此表明我们在讲述个人故事时所使用的一般形式、框架和意识形态来自更广泛的文化”（Goodson，2005：215）。

在这样的审视之后，我认为我们可以在当代文化活动中看到，向更微观的、更 12
个性化的生活叙事的转向正在兴起。有趣的是，这种转向也通常被称为“叙事的时代”，关于叙事政治、叙事故事和叙事身份的时代。从历史的角度来看，如果将这个时代同启蒙时代后的几个世纪相提并论，我们应该把这个时代看作是“小叙事时代”的开始，而不是“叙事时代”的开始。在西方国家，尤其是在我们这个个性化的社会中，我们的艺术、文化和政治正日益走向高度个性化或反映特殊旨趣的叙事，常常借鉴心理治疗、个人和自我发展方面的文献。这些叙事往往与更广泛的社会和政治情境完全脱离。

也许一些来自我们这个时代的文化偶像作品的例子可以很好地阐释这一观

点。布鲁斯·斯普林斯汀(Bruce Springsteen)，美国摇滚明星，我认为他一直是最优秀、最有洞察力的故事讲述者之一。他写歌很认真，他的作品有时是关于人类理想的宏大图景的，比如他的专辑《河流》(The River)。在这张专辑中，他同鲍勃·迪伦(Bob Dylan)一样，反思了人类梦想的局限性，迪伦在最近写道，他“没有做过一个没有被收回的梦”。斯普林斯汀写道，“如果梦想没有实现，那它就是谎言吗？还是更糟糕的事情?”这种对于人类宏大理想引导我们生活叙事能力的反思，已经成为斯普林斯汀作品经久不衰的特征。他的专辑《汤姆·乔德的幽灵》(The Ghost of Tom Joad)，意识到了叙事范围的巨大转变，深刻地反映在专辑的标题上，也反应在其专辑的实质内容上。汤姆·乔德(Tom Joad)是斯坦贝克(Steinbeck)的《愤怒的葡萄》(The Grapes of Wrath)中的角色，它的故事情节与当时的群众运动有关，目的是在全球商业萧条时期寻找社会正义。一旦个人的故事与集体的理想之间的关联被打破，我们就进入了小叙事的时代，一个个性化的“生活政治”的世界。

在他更新的专辑，比如《魔鬼和尘埃》(Devils and Dust)中，斯普林斯汀不再提及大规模的历史运动。肖恩·欧哈根(Sean O'Hagan)写道：“它不像《汤姆·乔德的幽灵》那样具有突出的社会意识；相反地，这个专辑体现了一种亲密的、通常是碎片化的对于普通人困顿生活的窥探。”(O'Hagan, 2005: 7)斯普林斯汀阐述道，“在这个专辑中我所做的，就是描绘那些灵魂处在危险之中或灵魂正面临着来自世界威胁的人们——他们独特的叙事故事”(O'Hagan, 2005: 7)。

在某些时候，斯普林斯汀试图将自己的叙事同更广泛的传统联系起来，但这一次这种联系主要是修辞意义上的，因为如今的故事是零碎的、个人化的，与更广泛的社会运动无关(超越了模糊的“民间传统”)。正如他所说的，他现在写的是关于人的“具体的叙事故事”，对广泛的社会传统的反应的被动性反映在他的措辞中，即这些人“面临着来自其所生活的世界的威胁，或承受着这个世界带给他们的危机”。这句话很精妙地阐述了叙事的范围和理想，并且描绘了过去两个世纪以来叙事能力在范围和规模上的巨大变化。

同样地，在影视制作中，我们也可以看到对叙事能力的重新定义。许多电影
13 人在当代电影制作中明确地指出他们运用了特定的生活叙事。以豪尔赫·森普

伦(Jorge Semprun)为例,这位制作了诸多反响巨大的政治电影的西班牙电影人,在一次访谈中说:

> 1968年法国五月风暴的氛围及其余波引发了人们对于政治电影的兴趣。但如今的气氛已经截然不同。如果你现在要拍一部政治电影,你就不能从一个国家或民族斗争的角度去拍摄,而要从个人选择的视角去拍摄。
>
> (Interview with Jorge Semprun, 2004: 4)

为《纽约时报》(*New York Times*)撰文的历史学教授吉尔·特洛伊(Gil Troy)在思考当代世界人类行动的可能性时,也提出了同样的观点:"我们今天所面临的挑战,不是在国家危机中寻找意义,而是在每个个体的日常生活中发现意义。"(Troy, 1999: A27)

我们在这里看到了叙事结构的变化以及叙事范围和理想的重大转型,这种变化也反映在我们的社会和政治生活中。这种变化在网络电视的政治顾问的言论中可见一瞥:"不,我们并不需要改变政策来回应公众的反对……根本不需要……我们的结论是,我们需要的是换一种讲故事的方式来阐释政策。"这句话抓住了我们现在所看到的正在出现的这一类"叙事政治"的实质,或者,正如克里斯汀·萨尔蒙(Christian Salmon)精辟地指出的,"要将政治变成故事"(Salmon, 2010)。一旦这种把戏成功了,故事就会超越物质现实。这样一来,银行家们可以制造出一场地震式的经济崩溃,但是由于类似的利益集团也同样控制着即将发生的故事脉络,这场经济危机也可以被"重新编撰"成公共领域的一场危机。经济和政治的控制可以使得故事悬浮在空中,也可以让故事变成"现实"。

这是对"叙事政治"这种新的叙事类型的完美的再定义。在某种意义上"叙事政治"是一种新事物,但事实上我们却可以在历史上追溯到它的踪迹——最重要的是公共关系大师爱德华·伯奈斯(Edward Bernays)。伯奈斯(Bernays, 1924)相信我们可以操纵人们潜意识的欲望,一旦吸引了他们,我们就可以售卖任何东西——从肥皂粉到政治政策。关键在于我们能否制造出一种正确的故事,因此:

> 你并非出于责任给某个政党投票，也并不是因为你相信它拥有能促进公共利益的最佳政策；你这样做是因为有一种神秘的感觉，它为你提供了实现自我提升的最大可能的机会。
>
> （Adams，2002：5）

正如克里斯托弗·考德威尔（Christopher Caldwell，2005）所指出的，叙事政治的胜利，其结果是使“政治从原本的很大程度上关注资本和劳动力，转变成主要关注身份和主权”。

政客们似乎明白，在打磨完善政策的时候，也需要进行叙事上的微调。正如已故英国自由民主党领袖查尔斯·肯尼迪（Charles Kennedy）所言，故事比实质更
14 重要：“当我们有很好的且受欢迎的政策的时候，我们也要找到并形成一种叙事风格。”（引自 Branigan，2005：8）

没有什么比保守党首相戴维·卡梅伦（David Cameron）的例子更能说明，我们正从基于文化和符号资本的旧等级制度向某种我们或许可以称之为“叙事资本”（Narrative Capital）的时代转变（参见 Goodson，2005）。在上一代人看来，他在伊顿公学和牛津大学的人脉关系本可为他实现政治抱负提供一种权威性的叙事。这样的教育背景所暗含的文化和符号的资本天然地附带着一种隐含的且强有力的故事脉络。这些名校历来生产社会中的统治阶层，而他们所赋有的符号的和社会的资本仍然完好无损。卡梅伦很有预见性地想要去建构一种更受人欢迎的生活叙事，既能够包含这种旧的文化优势，又同时能够迎合当前叙事政治背景下的现实需要。

卡梅伦所面临的问题可以从《每日镜报》（*Daily Mirror*）的记者所做的生活叙事的摘要中看出来。《观察家报》（*Observer*）总结了这些观点，那时人们正在密切考察卡梅伦未来的领导潜力：

> **阶级斗争：卡梅伦的镜子**
>
> 卡梅伦太清楚他的上流社会成员的身份是一个潜在的致命问题，他

指示保守党的政府顾问永远不要邀请专栏作家参加保守党(Tory Party)的活动,因为我已经花了 18 个月的时间来强调他的公子哥儿的劣习。但不管怎样,我还是出现在保守党的聚会上,只是为了要惹恼他。

劣迹斑斑的卡梅伦被送到每年花费 25,000 英镑的伊顿公学,在那里他不是学习拉丁文,而是抽着印度大麻。紧接着,他被送到了牛津的梦想尖塔,在那里他糊里糊涂地花了 1,200 英镑买了一件燕尾服,佯装成爱德华七世时代的绅士,在臭名昭著的布灵登俱乐部(Bullington Club)跟一帮狐朋狗友四处闲扯。

只有有钱的公子哥儿才会说生活中有比金钱更重要的东西。对富有的戴维·卡梅伦来说,很容易就能超越肯·多迪什(Ken Doddish),并宣扬幸福。他父亲是一个股票经纪人和保守党的领袖,通过自己的努力,呃,从顶层爬到顶层。衔着金勺子出生的他,在伊顿和牛津忍受了普通教育的羞辱。

你不一定非得成为有钱人才能进入由伊顿佬(Old Etonians)戴维·卡梅伦领导的保守党,但如果你是的话,那会大有裨益。

保守党的公子哥儿[1](Tory toff)戴维·卡梅伦指责那些不管教孩子的父母是“自私和不负责任的”。但是戴维他对于管教孩子又知道什么呢?他自己的父母也没有那样抚养他。当他能说“再见,妈妈”的时候,他们就把他送到了寄宿学校。

保守党的公子哥儿卡梅伦在伊顿公学挨日子的时候,工党的议员们正在自行车棚后玩乐。这个时髦小伙最新的伎俩是奖励那些自命不凡的年轻人,这就很明显地受到他自身优越成长经历的影响。

(Robinson, 2007)

在他成为英国首相之前,卡梅伦在接受马丁·伯特伦(Martin Bertram)的早 15

① 译者注:“Toff”是公子哥儿的意思,在英国工党用“Toff”一词来攻击保守党候选人,并称其为“Tory Toff”,意思是身着名贵、态度倨傲的公子哥儿,而称自己的候选人为“我们自己人”(One of Us)。

期访谈时，就已经对即将出现的问题有一个清晰的预期：

> 但是正如卡梅伦所坚称的，其他人强加给他的刻板印象，并不仅仅是他对低俗电视节目的偏爱所造成的。他引用了他对史密斯乐队(Smiths)、电台司令(Radiohead)和雪警(Snow Patrol)等乐队“悲观的左翼”(Gloomy Left-wing)的音乐的喜爱——他常常因此受到朋友嘲笑——作为例子进一步说明他同传统的保守党形象之间的差异，而且，对于一位新上任的影子教育部长来说，他承认自己在学校时经常会有各种各样的不良行为，这或许有些鲁莽。
>
> 然而，最重要的是，他认为让他能与日常生活保持紧密联系的是他代表选民在惠特尼(Witney)和牛津郡(Oxfordshire)从事的工作，以及他与妻子萨曼莎(Samantha)和两个孩子——3 岁大的患有脑瘫和癫痫的伊凡(Ivan)和 14 个月大的南希(Nancy)的家庭生活。
>
> “我是不是太时髦了？”他俏皮地说，然后他坚定地解释了为什么他拒绝接受人们对于他背景的批评。“在政治活动中，我相信我们的过去并不是最重要的，我们将会作出什么贡献才是最重要的，而且我认为这对于任何人都适用，不管他来自社会的什么地方，无论皮肤、年龄和种族，我希望这也同样适用于伊顿佬”。
>
> (Bertram，2005：10)

我认为卡梅伦已经意识到，如果他重新创作他自己的生活叙事，那么他的过去就不是最重要的。换句话说，他所担忧的是他一直以来的特权生活的经历会影响他正在试图为自己和他的政党所要打造的新的故事，即他和他的政党是真正关心和同情那些底层人民的，是相对于工党而言人们真正需要的脚踏实地的实际的选择。他最后总结道，“我是不是太时髦了？其实你来自哪里并不重要，即便是来自伊顿公学”。伊顿公学，确实在宏大的历史长河中代表着文化和符号的资本，但是它所提供的叙事资本显然在现实生活中很难展现或兑现。卡梅伦对这种困境的诚实评价完美地说明了叙事政治的重大转向，以及这种转变将如何影响获取叙事资本的新教育模式(参见 Goodson, 2004)。这些关于叙事资本的问题一直是对幽默家的馈赠。欧利·格兰德(Olly Grender)曾开玩笑说,很快保守党的领袖就会声称他们是很久以前伊顿公学老牧羊人的后代了。

当然,小叙事时代可能会受到灾难性的外部事件的挑战。双谷经济衰退(Double-dip Recession)的危险显然给卡梅伦和奥斯本(Osborne)的叙事资本带来了问题,至于他们所强调的社会公平和所创造的“我们团结在一起”的故事,难以真正受到那些有特权的千万富翁的重视。同样地,人们也很难相信我们处于同样的境况、我们共同面对挑战诸如此类的说教。让人们接受“大社会”(the Big Society)的概念显然是存在问题的。卡梅伦缺少让人们相信他的故事的“叙事资本”。

在美国,叙事政治的延续似乎比任何变革的前景都要强大。像往常一样, 16
琼·迪丹(Joan Didion)确切地指出了最近的总统大选中的故事在政治活动中的关键性作用:

> 许多人都看到政治变革的必要性。但是,到最后我们仍然会敲响旧的音符、使用旧的语言。无论过去还是现在,每一个人物的前景都要通过他或她的“故事”来评估。我们在 2005 年赖斯(Rice)的听证会上都听到了她的“精彩故事”。“我们都很欣赏她的故事”。参议员拜登(Biden)在几周前谈到佩林(Palin)州长时说,“我认为她是令人敬畏的”,“她有一个很好的故事,也有一个伟大的家庭”。
>
> 据说拜登自己也有一个精彩的故事,是关于他的第一任妻子和孩子去世后,他同幸存的孩子一起乘火车从华盛顿(Washington)到威尔明顿(Wilmington)的故事。每个人都同意,参议员麦凯恩(McCain)也有一个伟大的故事。现在和那时一样,一个故事要让被讨论的人物更人性化,也就是说要淡化他/她的潜在问题。例如,康多莉扎·赖斯(Condoleezza Rice)的故事是要讲述她在斯坦福大学做教务长时表现得如何出色(这一点被反复地提及,就好像福克斯新闻的每个人都是从教务长那里直接过来的)以及她是一名出色的音乐会钢琴演奏家。
>
> 现在和过去一样,同样棘手的问题通过这些故事被回避过去,并且

最终成功地被规避。

(Didion，2008：2)

巴拉克·奥巴马(Barrack Obama)的例子或许可以证明，叙事风格的极端的、持续的和普遍的关联性。他的生活故事众所周知，而且在他的自传体小说《我父亲的梦想》(*Dreams from My Father*)(Obama，1995)和《无畏的希望》(*The Audacity of Hope*)(Obama，2006)中有细致的描述。在他的早年时代，奥巴马就已经用一些虚构的故事和片段所组成的动态的拼图建构了一个具有成功意味的人生故事。事实上，它们和比尔·克林顿(Bill Clinton)的故事惊人地相似——没有父亲在身边的早年生活的不稳定感和生活中的变化无常使孩子成长并发展出个人的自我意识。这种自我创造的叙事模式就变得根深蒂固，成为一种存在方式、行为方式和成长方式。蒂姆·加顿·阿什(Tim Garton Ash)是这样描述的：

> 你感觉到这个人知道自己是谁。不是因为他一直以来知道自己是谁，比如麦凯恩的一长串的继承人，而是因为长久以来他并不知道自己是谁——然后他通过艰辛的努力发现了自己是谁，通过在自传式的《我父亲的梦想》的讲述中寻找，找到了自己的根基和归属。
>
> (Garton Ash，2008：33)

这导致了一种叙事强度的形成，使得对于政治叙事的理解和构思完全成为人
17 的“第二天性”(Second Nature)。他的天性就是不断地处于叙事过程中——他整个一生都在建构一个进行中的生活叙事，建构一种叙事身份。丽贝卡·沃克(Rebecca Walker)反思了奥巴马的叙事类型与他所从事的政治工作的相关性：

> 美国正处于一个故事的结尾，和另一个故事的开端。我们很幸运，奥巴马是一位作家。我们需要他的心、他的笔、他对叙事的直觉性的理解，来带领我们跨越当前的危机到达彼岸，学会如何扭转悲剧。
>
> 出于这个原因我们选择了合适的人选。并不是因为他是称职而高

尚的，尽管他确实如此；也不是因为他忠于职守、才华横溢，尽管他确实如此；我们选择他是因为他知道如何从成千上万的故事碎片中创造出一个非凡的完整的故事。这是一个关于他的多种族、跨文化、工人阶级、常春藤盟校、社区组织生活的故事。他从第一天开始就一直在创造他的故事。

（Walker，2008：36）

除了他的政治风格，我们对他的叙事类型的理解也为我们了解他的自反性的形式提供了视角：他是如何理解、研究和学习的。乔纳森·拉班（Johnathan Raban）这样说道：

他童年时代特有的矛盾和混乱使他本能地成为经验主义者，通过验证在行进途中的每一步来为自己找到一条出路。他在哥伦比亚和哈佛的教育使他通过训练成为经验主义者。作为芝加哥大学的一名法学教授，他要求他的学生采纳逆向观点，同时将自己的观点贴近自己的内心。今年7月，《纽约时报》报道："奥巴马喜欢挑衅。他总是试图争辩种族隔离制度下的生活更美好、黑人运动员比白人运动员更优秀这类的议题。"他以前的一位学生回忆道，"我记得当时在想，'你冒犯了我的自由主义的天性'"。

无论在伊利诺斯州的参议院还是美国参议院，这都成为他作为立法者的习惯，去征求与他自己的立场相左的反对意见，发挥他作为一个亲密的、富有同理心的倾听者的不同寻常的才能，去探索、去怀疑、去适应、去改变。

（Raban，2008：29）

叙事资本的重要性在商业管理和领导力方面的文献中，也有所体现。彼得·圣吉（Peter Senge，1995）在他有关商业领袖的修炼的著作中指出，他所说的"目标故事"（Purpose Story），即商业领袖的动机和方向的重要性。

为了打造跨国公司与个人之间的联系，我们需要把握每一个人的生活主题（Life Theme）。圣吉对目标故事作了进一步的阐释：

> 为了给这一章提供背景，我开展了一些访谈，这些访谈让我有一个惊人的发现。虽然我所交谈的三位领导身处完全不同的行业中——传
> 18 统的服务行业、传统的制造业和高科技制造业——虽然他们具体的观点有很大的不同，但他们每个人似乎都从同一个源头汲取了商业灵感。每个人都感受到了隐藏在其愿景背后的深刻的故事和使命感，我们称之为目标故事——一种更广泛的生成模式，为个人的抱负以及对组织的希望赋予意义。对于奥布莱恩（O'Brien）来说，这个故事与“人类的崛起”有关；对于西蒙（Simon）来说，这与“以更有创意的方式生活”有关；对于雷·斯达（Ray Stat）来说，它必须与“整合思考和行动”有关。
>
> 一天晚上，在经过了漫长的一天对访谈录音和文字记录的处理之后，我才意识到这一点。我开始发现，这些领导者所做的事情，与单纯的讲故事不同，在某种意义上，他们是在用故事来传授经验或传递智慧。他们正在讲述自己的故事——全面地解释他们为什么要做他们所做之事，他们的组织需要如何发展，以及组织的发展如何成为更广泛的社会发展的一部分。当我回顾那些我所认识的天才的领导者时，我意识到对于他们而言，有“大故事”（Larger Story）的眼光是非常普遍的，相反地，许多在其他方面有能力的领导职位上的管理者同他们不是同一类型的领导者，正是因为他们没有看到更大的故事。
>
> 领导的目标故事既是个人的，也是普遍性的。它定义了他/她一生的工作。目标故事使得领导人的努力变得高尚，同时又保留了一种持久的谦逊，使他不至于太过看重自己的成功和失败。它给领导者的视野带来了独特而深刻的意义，在更大的图景中使其个人的梦想和目标在更长的发展旅程中脱颖而出，成为里程碑。但重要的是，这个故事对他的领导能力至关重要。目标故事能够把组织的目标、组织在特定情境下对“我们从哪里来，我们要到哪里去”、什么是超越了组织本身的“我们”等

> 这些问题的判断置于更广泛的人类活动之中。在这个意义上而言，他们会很自然地将自己的组织看作带动社会学习和社会变革的工具。这就是目标故事的力量——它提供了一套整合的观点，而这些观点能够为领导者方方面面的工作赋予意义。
>
> （Senge，1995：346）

圣吉的作品集中体现了20世纪90年代中期出现的一种管理风格，专注于讲故事。萨尔蒙（Salmon，2010：32）指出："这种新的管理学派在20世纪90年代出现在美国，它建议将'讲故事者和说书人'引入到公司中。"引用大师史蒂夫·丹宁（Steve Denning）的话来说，"我对组织叙事感兴趣的原因很简单：因为没有别的办法比这个更奏效"（Salmon，2010：32）。一些经济学家也提出同样的观点，比如，理查德·勃朗克（Richard Bronk）在他的新书《浪漫主义经济学家》（*The Romantic Economist*）中就断言：

> 政治家们最好认识到，在发达的经济体中，市场最主要的社会价值不再是他们推动财富增长的能力，而是他们为每一个公民提供发展他们自己的潜力、表达自己的身份和创造自己的未来的机会。
>
> 越来越多地，我们通过所选择从事的工作或所购买的物品来定义自 19
> 己的身份；因此，当我们能够做到的时候，我们就会选择符合我们理想生活方式的工作和商品。
>
> （Bronk，2009：303）

我们可以看到，"小叙事时代"和"生活叙事时代"已经在艺术、政治和商业领域的新兴模式中体现出来。从这个意义上而言，研究人们的生活问题已经成为理解更广泛的社会关系、社会优先事项和社会规范的一部分。下一章，我们将看看生活故事是如何在特定的时间以特定的方式出现的。

第三章　生活故事的当代模式

研究个人故事脉络是考察人们为目的和意义而不断奋斗的一种方式。通过审视故事脉络这种方式，我们可以开始理解人类是如何应对不断变化的历史和文化环境的。我们将回顾自第二次世界大战结束以来近70年的历史环境是如何变化的。通过观察故事脉络是如何在很长一段时间内延续，或是受制于持续的和急剧的变化的，我们可以评估人类的意义建构是如何对不断变化的历史环境做出反应的。与全球变暖进行类比（因为，从某种意义上说，这两种当代的变化都源自全球化商业的新力量），我们可以判断当代人类故事脉络的变化是在正常范围内发生的变化，还是以一种地震式的划时代的方式发生的变化。

为了评估人类故事脉络的历史分期，我们需要首先理解上一个大的历史时期——我们已经将其描绘为现代化时期——的运作模式。在现代主义的先进形式下，占主导地位的身份计划是构建一种单一的、线性的和连续的自我，通常围绕着对一份工作或一个伴侣的终生承诺来组织。与之相关的“意识形态的意义”创造了这些终生承诺的故事脉络、“职业”（Career）的概念，或“浪漫爱情”（Romantic Love）的概念，为每个活生生的个体提供了一种压倒一切的基于工作和家庭的社会故事脉络的模型。

正如理查德·塞尼特（Richard Sennett，1998：9）提醒我们的那样，“Career”（职业）一词，“在英语的起源中，意指马车的车道，然后最终取“Labor”（工作）之意，意指一个人终生进行经济追求的渠道”。现在，许多人认为，随着在全球范围内组织起来的，向一种新的弹性积累（Flexible Accumulation）模式的转变，像传统职业这样连贯的故事脉络是不可持续的，身份计划也必然会改变。费尔南多·弗洛雷斯（Fernando Flores）和约翰·格雷（John Gray）指出：

职业作为一种制度，正不可避免地走向衰落。知识经济的出现意味着对许多由来已久的做法的创造性破坏，包括那些处于传统职业结构核心的做法。

(Flores 和 Gray, 2000: 9)

他们概述了职业衰退所带来的深远影响: 21

这是 20 世纪工业文明的核心社会制度。尽管大多数人可能永远无法获得充分的机会，但是职业一直是实现大多数人心之向往的个人自治的最重要的途径。通过职业生涯，人们可以通过成为自己经济生活的主人来建立连续性和意义。

(Flores 和 Gray, 2000: 10)

不仅是经济生活，“职业”也为个人生活的故事脉络的塑造提供了叙事的关键。在“职业生涯”的框架中，我们可以充实、即兴发挥或填满整个故事脉络(我们先前提到过奖学金男孩和女孩如何围绕由于教育流动所带来的职业提升的可能性来发展他们的生活计划)。弗洛雷斯和格雷后来承认，职业衰落的意义远远超出了其经济意义:

职业的衰败在很大程度上就如同一个人对自己的生活的控制力的削弱[……]如今人们面临的问题不仅是工作的不安全感，更重要的是，当工作生活不再有可辨识的形态时所带来的意义的失落。

(Flores 和 Gray, 2000: 11)

如果说“职业”为人们的工作身份提供了一生的故事脉络，那么“浪漫爱情”则为婚姻和家庭提供了类似的脚本。菲利普·奈特利(Philip Knightley)曾对此进行过推测:“在某一时刻，伴随着工具和语言的出现，早期人类获得了爱。”为什么爱是必要的? 精神病学家艾萨克·马克斯(Isaac Marks)说，“爱的疯狂”在于它将父母结合在一起，共同承担养育孩子的艰巨任务(Knightley, 1998: 7)。这种对浪漫爱情故事脉络的捍卫，为养育子女和维护家庭提供了有意义的叙事，伴随着现代主义的消亡，这种对于爱情故事的叙事也开始慢慢崩塌。奈特利认为："本世纪的婚姻是建立在浪漫爱情的基础上的。但是，如果浪漫爱情不再能支撑夫妻和家庭，那么除了人们相信婚姻的渴望，也就没有什么可以支撑的了。而即便是人们相信婚姻的渴望，看起来，似乎也消耗殆尽了。"(Knightley, 1998: 7)浪漫主义爱情消亡的一个文学转折点无疑是1978年斯科特·派克(M. Scott Peck)出版的《少有人走的路》(*The Road Less Travelled*)。派克认为，浪漫爱情的概念是一个神话：即使是"坠入爱河"这样的概念也是基于性欲的假象，而跟持久的爱和承诺等任何类似的概念没有关系。当代社会人们的观点似乎与派克的观点相似。1998年，在调查人们对于未来五年的忧虑时，"绝大多数20至34岁的年轻人将没有稳定的关系这一条列在最后"，"四分之三的男女两性的受调查者指出相对于寻找伴侣，他们对换工作更感兴趣"(Knightley, 1998: 7)。伊恩·麦克尤恩(Ian McEwan)的书《永恒之爱》(*Enduring Love*)有着类似的预言性灵感，由此书改编而创作的电影，也对浪漫爱情持有类似的批判视角(McEwan, 1997)。

22 新的弹性经济(Flexible Economy)的出现似乎再次帮助解构了过去一个世纪已确立的故事脉络。但是，不断变化的经济模式和已建立的家庭结构的解体对社会科学范式具有重大的影响。在福利国家现代主义制度下，国家的整个科学机构都与工业经济和家庭联系在一起。例如，人口普查的所有数据，出生死亡登记局(the Registrar General)的社会阶层分类调查，被整齐地分为七个职业类别。同样地，关于家庭的调查数据也为社会调查和评估提供了核心的基础。所以，作为生活故事脉络的关键，这些有关工作、职业和婚姻的概念焦点，也同样是社会科学调查和福利国家管理的关键。从某种意义上而言，西方社会民主的鼎盛时期就是由这些故事脉络所书写的。

新经济的基础是弹性的积累，或者从生产的角度来说，是弹性专业化(Flexible Specialization)。这种弹性专业化制度与福特主义工厂体系中的工业生产模式正好相反。

> “弹性专业化”适合于高科技：由于有了计算机，工业机器很容易重新编程和配置。现代通信的速度也有利于弹性专业化，因为企业可以即时获得全球市场数据。此外，这种生产形式需要快速决策，因此适合小的工作组。相比之下，在一个庞大的官僚金字塔中，决策的速度会放慢，因为审批的文件需要层层上传，直到获得总部的批准。在这个新的生产过程中，最受青睐的因素是愿意让外部世界不断变化的需求决定组织的内在结构。所有这些反应性的要素都有助于接受决定性的、破坏性的变革。
>
> （Senett，1998：12）

劳动力的弹性模式有多种表现形式。但从广义上讲，它意味着从既定的雇佣模式中——即工人被长期雇佣，通常是整个职业生涯，并享有保险福利和养老金权利——持续地转移。后者倾向于确认员工对雇主的“忠诚”，反之亦然。最近有大量关于终身工作对养老金权利和福利的侵蚀的报道，但这些主要是向弹性职业的巨大转变的一部分。如今，一个工人可能只会被雇佣来做特殊的工作——比如写一篇文章，制作一个网页，或做一个地毯。可以说，这些工作是“外包”给那些不属于核心雇佣单元(Core Employing Unit)的外包工人的。所谓的核心雇佣单元可能只是一个企业家，或者更有可能是一个拥有少量“核心”员工的公司，这些员工管理着那些承担“外包”工作的弹性劳动力。这种转变以一种不可思议的方式，让人们想起了被称为工业革命的人类重大的变革。这种方式曾被称为“家庭分包制”或“分包制”，通常是指在家庭式的工作环境中，核心的雇佣单位将工作“输出”或外包给其他人来完成。

这些持续的灵活性和破坏性的变化意味着人们体验和管理生活的方式发生 23
了翻天覆地的改变。随着人们生活世界的改变，他们的生活政治也发生了改变。我所说的生活政治，指的是支撑我们生活的一系列决策和协商。生活政治描述了我们管理生活的方式，包含了我们必须面对的道德和个人的困境和决定。最重要的是，“生活政治”的新环境强调了我们现在生活的这个变化了的世界。因此，社会科学必须要有一种紧迫感，将其探究的模式和报道转向人们如今所面对和居住的新的生活世界。

鉴于美国在构建我们的新生活世界中所扮演的开创性、引领性的角色，观察一下在美国开展的有关个人生活世界和生活政治的新工作是很有意义的。美国人提出的一些更具创新性的心理学学说解释了所发生的历史转变。菲利普·库什曼(Philip Cushman)的研究指出，我们对自我的概念是由特定历史时期的经济和政治形成的。库什曼所指的“个体的概念”，“是由一个特定群体的内在心理所表达出来的，是在一种文化范畴内关于‘人类是什么’的共同理解”(Cushman, 1990：599)。

我认为，库什曼尤其擅长描述战后消费时代美国出现的“自我”。因此，他将我们关于“自我”的观念和一种生活政治与消费时代的需要和必需品联系起来。他把我们的“消费自我”(Consuming Self)定义为那些被基于高消费的服务经济的需求所“束缚”的人。而将这个时代的新自我称为“空虚自我”(Empty Self)，并指出现代美国：

> 塑造了一种缺乏社区、传统和共享意义的自我。由于社会缺位及其所带来的个体信念与价值失落等内在后果，这种自我体现了一种慢性的、难以忍受的情感饥饿。二战后的自我是渴望获得和消费的自我，它以一种无意识的方式来补偿自己所缺失的东西：自我是空虚的。
>
> (Cushman, 1990：600)

在某种程度上，“空虚自我”发展到极致，其实正是“个性化”长征中的一个新阶段。两百多年来，西方国家已经产生了越来越多的个性化的自我模式。一般来说，当代的、个性化的自我是现代主义的产物，它伴随着 18 世纪以来发展起来的新型工业经济，以及随后发展起来的民族国家和福利国家而出现。伴随这些发展而成长起来的社会科学范式反映了一种对客观经验主义的信仰，一种对人性法则的启蒙追求。这些社会科学所探寻的焦点是那些与现代国家相伴而来的没有那么根深蒂固和社会牵绊的群体。社会科学试图通过客观化和量化的方式研究现
24 代国家中的个体成员，以实现现代国家试图控制和管理其人口的目的。

许多过去由社会科学学者进行的数据收集和社会分析的工作已经不再受到资助或被移交给智囊机构。这些机构往往与企业利益密切相关，因此代表着新兴的“企业统治”的新方向。企业统治的力量可以在第二章描述的叙述行动中得到最明显的证明。

个性化的加速增长使社会科学的任务发生了根本转变，现代国家和现代政治的机制在新经济和全球消费主义面前逐渐衰退。正如齐格蒙特·鲍曼(Zygmunt Bauman)所说：

> “个性化”所承载的意义是指个人从他或她所归属、继承或与生俱来决定的社会特征中解放出来[……]简单地说，个性化包括将人类的“身份”从“给定的”转变为一项“任务”——每个个体都是自我身份的主角，要承担起建构个体身份的这项任务。
>
> (Bauman, 2001: 144)

新的全球经济的转型将个人“身份”的责任从群体转移到个人手中。因此，生活政治被投射为中心舞台，尽管这类政治实际上仍然是次要的，因为影响我们生活的各种条件和参数并不是主要由个人所决定的，生活最终还是受外部的控制。就像鲍曼所说的，“生活政治的范围和决定其条件的力量网络，是纯粹而简单的、无与伦比的和广泛的不成比例的”(Bauman, 2001: 144)。因此，我们可以为“系统矛盾找到传记式的解决方案”(Biographical Solutions to Systemic Contradiction)。他指出：

> 权力网络的快速全球化似乎与私有化的生活政治相勾结，并与之合作；它们相互刺激、维持和强化。如果全球化削弱了老牌政治机构的行动效能，那么从对“国家政体”的关注大规模撤退到对狭隘的“生活政治”的关注，也阻碍了其他形式的集体行动的具体化，这与依赖关系网络的全球性相一致。一切似乎都已经准备就绪，在推动着生活条件全球化的同时[……]不断促成生活斗争的原子化和私有化，自我推进和自我延续。
>
> (Bauman, 2001: 149)

生活政治和新的全球化的生活条件对人们构建自己生活故事的方式意味着什么？新的环境给人们提供了创作和讲述自己故事的机会，同时也以新的方式限制了他们自主生活的能力。把我们的研究定位在生活政治和生活史的层面上，就如同把我们置于生活的可能性和限制条件的交叉点上。我们进入了一个可能性
25 和错觉并存的地方，正如同个体在后现代境况下所遭遇的情景。对于社会科学家来说，这是一个危险的栖居之地，但却是观察社会行为的一个关键交叉点，这样的一个所在，也是我们寻找全球化所带来的宏大问题答案的所在。全球化如何影响我们对个人意义和公共目的的追求？全球化带来的普遍的不平等是否会破坏公共服务领域的改善和富有同情心的社会行动的前景？市场的蔓延是否最终会摧毁人们生活故事赖以存在的基础和愿景？

我们生活的时代：历史背景与生活故事

> 欧迪亚说，“你不必喜欢英雄”。在我的电影中，英雄是为了展示个体的反抗能力，以及个体进行自我创造、制定自己的规则和创造自己生活的能力。我喜欢问这样的问题：我只有一种生活方式，还是有另一种方式？如果我要创造另一种生活，我所要付出的代价是什么？——我的第二种人生会比第一种人生代价更高吗？
>
> （Solomons，2009：22－23）

生活故事的出现当然是与自我概念的历史建构紧密相关的。如果我们看一看西方世界不同历史和地理发展模式的国家里不同版本的生活故事，就会发现这一点。在世界的某些地方，拥有个性化生活故事的私人的自我概念可能几乎不存在。生活可能常常是“肮脏、野蛮和短暂的”，可以想象的是，这样的生活故事中最主要的问题是生存和基本的生计问题。在这种情况下，不太可能有时间或倾向去发展生活故事或更宏大的自我概念。因此，生活故事与文化处境、社会地位甚至社会特权以及历史时期密切相关，这为自我概念的建构和表达提供了不同的机会。

在某种程度上，人们可能会发现一个与马斯洛需求层次理论（参见第六章）没有什么不同的历史模型。在历史上更发达的时期或阶段，亚伯拉罕·马斯洛（Abraham Maslow）所说的“自我实现”模式可以得到证明（Maslow, 1954）。这种模式在发达的“西方”国家仍然很容易辨识，但是如果认为“进步”和自我实现的行为代表着更多的幸福、满足或活力，那就错了。在这里，这个等式要复杂得多，需要通过有趣而复杂的探寻过程来解开。有趣的是，在最近对中国和南美的访问中，随着这些社会财富的增长、新的精英和中产阶级的出现，我发现大学里出现了越来越多关于生活故事和生活史的研究。这些研究的发展是建立在这些国家日常生活中生活故事不断增长的基础之上的。随着国家经济和社会状况的改变，他们的生活故事类型也发生了改变。

然而，需要明确指出的是，这本书本身所处的文化背景，赋予了本书对于自我
和生活故事的特定理解。在此也明确地说明，本书中的生活故事和叙事都是在英 26
美文化背景以及自我概念的范式下所收集和分析的。我们对人类所进行的任何形式的研究，无论是对人类生活的叙事还是对人类本质的讨论，都无法提供普遍性的认识，正如格尔兹（Geertz, 1973: 49）提醒我们的那样，“没有不受文化影响的人性”。格尔兹的观点是很明确的：“除了人类是一种最多样化的动物，没有一种可以将人定义为人的普遍观点。”（Geertz, 1973: 40）

学者本身当然与文化背景和文化生产有着密切的联系。格尔兹对人类学家的影响发表了看法：

> 人类学家在定义人的问题上回避文化特性，并以不流血的普遍性（Bloodless Universals）来寻求庇护的主要原因是，面对人类行为的巨大变化，他们被历史决定论的恐惧所萦绕，担心迷失在文化相对主义的漩涡中，以至于完全丧失了任何固定的方向。
>
> （Geertz, 1973: 43 - 44）

寻求“不流血的普遍性”是学术界的一个共同主题，在政府资助的研究领域更是如此。但在生活叙事的研究中，这将是一个研究者可能从事的最危险的探索。

在之前的作品中，我曾谈论过自我和叙事性的“内部事务”以及它们的“外部关系”。但在很多方面，这是一种错误的二元对立，尤其是在文化背景、自我和叙事性之间的关系上。自我和叙事总是在与文化背景的互动中产生的——从这个意义上说，它们是社会和文化的产物。

因此，在生活叙事的研究中，并没有“不流血的普遍性”。这并不是说我们无法识别关于叙事的特定模式或类别，也不是说这些模式或类别不重要。事实上，这本书将会提供这方面的证据。但是，即便是本书的研究发现也是具有高度的文化关联性的。这个“良性警告”(Health Warning)并不会在书中反复出现，但它将强力地支持本书所呈现的每一个主张和发现。正如库什曼所言，我并没有对此提出任何警告或限定：“没有普遍的跨历史的自我，只有在地的自我[……]没有关于自我的普遍理论，只有局部的理论。”(Cushman，1990：599)

话虽如此，本书所集中呈现的英美关系网仍是当代世界重要的权力的轴心。虽然这种权力有一些衰退的迹象，而且我们可能不会认同维姆·文德斯(Wim Wenders)所提出的“美国已经殖民了我们的潜意识”的观点，但其对世界的影响力仍然无处不在。随着国家及其人民的现代化，人们可能会受到西方模式的自我和叙事模式的影响，将当代个人置于传统、群体和社区之上。这种模式在情境惯性、命运、宿命和社会结构的力量之上，强调特权化的个体能动性和潜力。这些叙事模式虽然体现了西方文化的特征，但它们在现代化的世界中有着重要的影响。

27 一个故事可能会帮助我们探索这种正在运作中的文化过程。2008 年我曾在北京讲授生活史的研究方法。在亚洲，人们对这类方法的兴趣与日俱增，这一现象本身无疑也表明了文化格局正在发生变化。在我授课的最后一天，我向东道主表达了我想要游览北京城的愿望。很幸运地，东道主安排了一位非常聪明的研究生带我四处逛逛。就这样，我们一边大聊特聊，一边徜徉在北京大大小小的庭院和街市之中(当然，他说着一口流利的英语，而我却对普通话一无所知)。

他向我讲述了他的祖先、他做农民的祖父母和父母的全部故事。他们生活在一个充满戏剧性的时代。他的故事是一种集体意识的呈现，关乎变动之中的社会阶层和地域，关乎社会生活的危机与繁荣。讲故事的人，自己并不在故事之中，他在我的身边讲述的主要是他人的故事，那些嵌入在集体场域和地域环境之中的人。我聚精会神地听着，跟他分享关于我自己的文化背景的信息，以及我最近回到自己国家的感受。当时，我意识到自己在反思我们叙事方式的显著差异。在我们参观了颐和园、其他的几个公园和纪念碑之后，我有点累了——我们之间 40 岁的差距开始显现出来。他小心地问我要不要来杯啤酒。于是我们在一家咖啡馆外坐下，他点了一杯可口可乐，而我则要了一杯酵母啤酒。我一直在努力念我的同行伙伴的中文名字。他说，“你可以叫我洛基（Rocky）”。于是我打趣地问，“这位洛基是不是有不一样的人生故事？”

果然如此，而且是一个润色过且演练过的故事。洛基是一个雄心勃勃、才华横溢的人，他想培养自己国际化的目标意识并想去英国求学。他从一所资源匮乏的地方学校进入到离家 500 公里的中学，现如今获得荣誉极高的奖学金在北京师范大学求学。这是一个典型的奖学金男孩的故事，他的个人努力和才华让他一步步进入北京这个国际大都市的世界一流大学，并从那里开始去实现他要在英国深造的雄心。

在适当的时候，他可以来英国和我一起工作，但他的故事似乎总是能够把两种故事脉络交织在一起——在更受传统束缚的祖先故事和个性化的奖学金男孩故事之间转换。作为中国社会转型的典型案例，这个例子看起来很有启发性，尽管不是（不流血的）普遍的。随着中国的现代化，可以预料，更多自我叙事的故事脉络可能会出现，并可能与更传统的集体叙事共存。

英美版的自我和叙事虽然具有文化的偶然性，但其文化产品的持续影响力（从好莱坞到嘻哈音乐）确实影响了在其他文化地区出现的自我叙事的观念。它们在不同的文化情境中通过文化翻译和文化折射的过程来发挥作用。具体的地域和个人可以折射和重新建构自我及其叙事，我们可以通过聚焦生活叙事来研究 *28*
这一过程；也可以通过关注不断变化的历史环境，辨别出不同文化情境中自我和叙事的运作过程。

当然，日常世界的变化可以通过人们的私人领域来观察。例如，拉施（Lasch）就曾在《无情世界中的天堂》（*Haven in a Heartless World*）一书中仔细研究了私人生活的历史轨迹（Lasch，1977）。在他的现代社会史中，他区分了两个不同的阶段。在第一阶段，他认为伴随着个人资本主义发展所带来的劳动分工剥夺了普通大众对工作的控制，使工作变得疏远和没有成就感。在第二阶段，拉施认为自由主义促进了一种观点，即虽然工作可能在资本的主导下被异化，但所有的东西都可以在私人领域中得到修复。“我们都同意，人们可以自由地在私人生活中以他们自己选择的任何方式来追求幸福和美德”。工作场所是一种被切断的形式，工作可以是疏离的、无情的；但家和家庭则成为“无情世界中的天堂”（Menaud，1991）。

拉施指出，这种认识才刚刚建立起来，自由主义就反悔了。

> 私人生活开始向那些助人职业（Helping Professions）敞开大门：医生、教师、心理学家、儿童指导专家、少年法庭官员，诸如此类。私人领域很快就沦为这些准官方的“有组织的道德力量”（Forces of Organized Virtue）的牺牲品，而“通过私人交易来弥补公共传统和公民秩序崩塌的希望”也被这些助人职业所扼杀。
>
> （Lasch，1977：168）

有趣的是，邓津（Denzin，1991）认为人种学家和传记作家代表了渗透私人生活的最新浪潮，当我们看到“健康和道德的新保守主义政治出现时”，这是意料之中的，“这种政治以性、家庭和个人为中心”（Denzin，1991：2）。因此，他指出：

> 传记和自传都是里根（Reagan）留给美国社会的遗产。在这些写作形式中，自由派和左翼的美国学术团体重申了对个人生命价值的承诺，以及它们在生活故事文本中的准确表征。故事随即成为左翼力量对过去20年来美国历史上压制性的保守主义政治的回应。用这种方法可以讲述美国下层阶级的悲惨故事。在故事的叙述中，将产生一种对被压迫者的浪漫的和政治的认同。这种认同将带来一种新的抗议政治，一种以当代生活中严酷而原始的经济、种族和性别优势为基础的政治。这种方法将揭示出，庞大的社会群体既无法实现他们在意识形态层面的美国梦，也无法体验个人幸福。
>
> （Denzin，1991：2）

他进一步指出： 29

> 通过在生活故事中重新刻画现实生活及其所有细微差别、影射和恐惧，研究人员们一直致力于创作一种现实主义的、情节夸张的社会问题文本，这些文本创造了一种对美国社会中被压迫群体的认同。这些现实主义作品再现和反映了需要改变的社会结构。他们使无能为力的个体的主体性增强。他们将窥探他人人生的互动人种学家塑造成英雄，他们从田野中归来带给我们一个个被压迫者的感人故事。
>
> （Denzin，1991：2）

生活叙事的兴起显然伴随着一系列问题，但也为社会科学家提供了可能性。通过审视生活叙事的更广泛的社会背景，我们可以开始理解聚焦于个人叙事和生活故事的定性研究所面临的困境。

在一些西方国家建构和运作的对“个人”的理解是一个特定的版本，是对“作为一个人”的一种个人主义的理解。这种理解在世界的其他地方并不被认可。但是很多故事和叙事都未经质疑和未加评论地使用了这个版本对于个人存在和个人知识的理解。这些叙述掩饰了个人主义的局限性，常常以“孤立、疏离和孤独[……]展现自治、独立和自立”（Andrews，1991：13）。安德鲁斯（Andrews）总结说，如果我们忽视社会环境，我们就剥夺了自己和合作者的意义和理解。她指出，“显然，人们所处的社会环境是我们建构生活核心意义的关键”，“因此，研究者不应该无视生活的内容及其意义建构所依赖的社会情境，而自由地讨论或分析个体是如何看待生活的意义以及他所处世界的意义的”（Andrews，1991：13）。

事实是，一个生活故事的讲述者经常会忽视他/她生活的结构背景，或者从一个有偏见的视角来解释情境的力量。如邓津所说，“很多时候，一个人会表现得好像他/她创造了他/她自己的历史，而事实上，他/她只是在社会的洪流中被迫创造了他/她生活的历史”（Denzin，1989：74）。他举了1986年的一个关于酗酒者研究的例子：“你知道，过去四个月我完全自己挺过来了。我没有用过毒品，也没有再碰过酒。我为自己感到骄傲。我做到了。”（Denzin，1989：74－75）一位朋友听了这个说法后评论道：

> 要知道过去的一年你一直都在法院强制执行的命令下行事。你应该清楚这不是一个人的力量。不管你是否愿意接受这个事实，你是被强制要求这么做的。你还去了戒酒互助会（Alcoholic Anonymous，AA）和戒毒匿名会（Narcotic Anonymous，NA）。听着，巴斯特（Buster），你之所以这么做是因为你得到了帮助，因为你害怕，因为你别无选择。不要给我说什么“这全靠我自己”的废话。

30 说话的人回应道，“我知道，我只不过不想承认而已”。邓津总结说：

> 这位聆听者调用了两种结构性力量，国家和戒酒互助会，在一定程度上解释了说话者的生活经历。如果我们只掌握说话者的叙述，而不了解他的生平和个人历史，我们就会对他的情况作出有偏见的解释。
>
> （Denzin，1989：74－75）

故事的伟大之处在于它将我们的经历变得细致化和具体化。然而，这应该是我们从事社会研究和教育研究的起点。故事可以如此丰富地把我们带进社会的知识领域，让我们深入了解我们所经历的社会构建的本质。女性主义社会学经常以这种方式来看待故事。正如希拉里·格雷汉姆（Hilary Graham）所说，“故事是将个人和事件与社会背景联系起来的重要方式，是将个人经历融入社会结构的方式”（参见 Armstrong，1987：14）。卡罗琳·斯蒂德曼（Carolyn Steedman）也谈到这种两个步骤的过程。首先是将故事细节化、具体化和历史化；然后就是“迫切需要”（Urgent Need）发展情境理论（Theories of Context）的阶段。

> 霍加特（Hoggart）和西布鲁克（Seabrook）所描述的北安普顿（Northampton）和利兹（Leeds）的定型化的城镇风貌——一望无际的房屋街道，不外出工作的家庭妇女们会安排一天的家务，男人是一家之主，

> 孩子们长大后会对他们曾受到的严厉管教深表感激。第一项任务就是要将这种极度的非历史的景观具体化(所以这本书具体塑造了一个既是一位职业女性又是一位单亲母亲的女性形象,以及一个不是传统的家长式的父亲的形象)。一旦景观以这种方式被具体化和历史化,就迫切需要找到一种方法来理论化这种差异和特殊性的结果,不是为了找到一种普适性的描述(关键在于不是所有的工人阶级的童年都是一样的,或者他们的成长经历会产生一种独特的心理结构),而是希望那些被放逐的人们,那些长街上的居民,能够开始使用自传体的“我”,来讲述自己的生活故事。
>
> (Steedman,1986:16)

因此,故事为我们进一步理解每个个体的主体性的社会建构提供了一个起点。如果故事仅仅停留在个人和实践的层面,那我们就放弃了这个机会。关于聚焦教师个人和实践知识的叙事方法,维林斯基(Willinsky)曾指出,“我所关心的是,一个旨在恢复个人的和经验的研究过程将为我们寻求整体统一的个人叙事铺平道路”(Willinsky,1989:259)。

因此,当生活叙事不断积累集聚起来,这些问题就开始摆在我们面前。让我们看一下研究个人生活叙事会面临哪些问题。第一,如果个人的生活故事脱离了其赖以存在的情境,就会成为一种个人化的工具。它关注的是每个个体的个性及其境况的独特性,这样做很可能会弱化或忽略集体境况和历史运动的重要性。生 31
活故事只有在特定的历史情境与文化条件下才得以建构——这些必须纳入我们对生活叙事的方法论的理解之中。

第二,个人的生活故事,远非个人所构建,它本身就有脚本。人们在讲述自己的生活故事时所使用的社会脚本,源自更广泛的社会中可接受的少数的脚本原型。生活故事的脚本,并不是自主的,它高度依赖于更广泛的社会脚本。从某种意义上说,我们所听到的生活故事,都是来自更广泛的社会力量的原型故事和故事讲述者调用的个人特征的组合。因此,当我们试图理解生活故事的时候,需要对其进行文化定位。

一般来说，生活故事本身并没有明确地承认它的文化属性，也没有明确地反映出它们在具体的时间和空间中的历史定位。因此，作为一种资料，生活故事面临着第三个困境，因为生活故事可能是一种去情景化（De-contextualizing）或者至少是弱情景化（Under-contextualizing）的装置。生活故事的历史脉络需要进一步阐明，要放置在时间和历史分期的语境中去理解。我们可以像法国编年史作家那样把时间看作是存在于许多层面上的。

首先，有一个广泛的历史时期（Broad Historical Time）——人类历史的大的时期或阶段，编年史作家称其为"长时段的持续时间"（Longue Durée）。

然后是世代或断代时间（Generational or Cohort Time）——特定世代群体的具体经历——比如二战后出生的"婴儿潮"的一代。

随后是周期性时间（Cyclical Time）——包括从出生到工作、抚育孩子（对某些人来说）以及到退休和死亡的生命周期的各个阶段。

最后是个人时间（Personal Time）——每个人根据个人的梦想、目标或人生道路的需要发展阶段和模式的方式。

生活故事叙述的这三个特征——关注个体、重申社会脚本的能力以及与其所根植的历史时空和社会环境的关联——都暗示着生活史研究的必要性。我们必须从收集个人生活故事集合的方法转向探究这些故事所蕴含的社会和历史情境的方法。生活故事是介于私人、个体以及社会/历史之间的产物。我们将看到，这种平衡的本质与不同的叙事方式有关。

通过将方法重心从生活故事转向生活史，我们得以矫正个性化和去社会历史情境化所带来的危险。生活史探索了个体表征以及社会历史力量对个体表征所产生的重大影响之间的关联。

要发展我们对于生活故事资料的理解，就需要强调与时间和历史阶段相关联的历史因素。其目的是为故事中的个体行为提供情境化的理论。当我们从生活故事研究过渡到生活史研究时，其目的就达成了。在这一过程中，我们把生活故事置于更广阔的历史情境中加以理解。在下一章，我们将更详细地阐述这个过程。

第四章　生活史与个人表征

我们已经看到，如果要探究和理解个体和私人的意义建构，在历史和文化情境中理解生活故事是多么的重要。在这一章中，我要开始解释生活史研究的传统以及在具体的历史情境中理解生活故事的重要性。

回溯过去，生活史方法作为一种严肃的研究形式始于 19 世纪早期。最早使用详细生活史的是人类学家，他们研究美洲原住民酋长的自传——例如，巴雷特(Barrett, 1906)和雷丁(Radin, 1920)。也是从那时开始，社会学家和其他领域的学者——大部分来自人文科学领域——开展了一系列其他的研究，越来越多地使用生活史的研究取向。多年以来，生活史研究方法的流行度和接受度也有起有落。20 世纪 20 年代和 30 年代是生活史研究流行的一个特殊时期，当时的经济状况使得在历史情境中理解人们的生活故事显得尤为重要。在很大程度上，那一时期与当代世界的经济状况有许多相似之处。这些条件的相似性很可能会促成在当前的历史阶段出现生活史研究的重大复兴。

一些最重要的生活史研究是在芝加哥社会学学院进行的。聚焦芝加哥新兴城市环境的书籍，如《黑帮》(*The Gang*)(Thresher, 1928)、《黄金海岸与贫民窟》(*The Gold Coast and the Slum*)(Zorbaugh, 1929)、《流浪汉》(*The Hobo*)(Anderson, 1923)、《贫民窟》(*The Ghetto*)(Wirth, 1928)以及萧伯纳在《杰克-罗拉》(*The Jack-Roller*)中对一个抢劫犯的精彩描述(Shaw, 1930)，均采用了生活史的方法。

霍华德·贝克尔(Howard Becker)是生活史研究方法的重要倡导者，他评论了萧伯纳的《杰克-罗拉》的故事，强调了生活史方法的主要优点。《杰克-罗拉》的主人公叫斯坦利(Stanley)，贝克尔指出：

> 《杰克-罗拉》为我们提供了来自不同文化和境况的群体的声音，这种声音通常不为普通的知识分子尤其是社会学家所知晓，它能帮助我们从最深刻的层面改善理论：通过将我们自己置于斯坦利的位置，我们可以感受并意识到对于这些人群的深刻的偏见，是如何渗透在我们的思维
> 33 之中，并塑造着我们所探究的问题。通过真正进入斯坦利的生活，我们才能开始看到我们在设计研究时习以为常（本不应该）的做法——在我们设定研究问题时嵌入了什么样的关于罪犯、贫民窟和波兰人的假设。
>
> （Becker，1970：71）

生活史方法如果运用得当，会与他人的主观认知发生冲突。在许多其他社会科学的研究方法中，这种冲突是可以避免的，也常常被规避：只要想到对量化指标或理论建构、统计表格或理想类型的普遍追求即可。这种对人类主体性混乱冲突的回避，我相信会构成社会学事业的核心。这种方法论上的回避背后——或与之相关联的——通常存在着深刻的实质性和政治性的回避。在避免人的主体性方面，定量评价和理论评论很容易在既定的社会和经济秩序中为强大的支持者服务。这种青睐和支持现有权力结构的倾向，一直是社会科学中潜在的问题。生活史研究也可以被这种方式殖民，重要的是，我们在使用生活史的方法时，要在人们生活的历史情境之中向权力结构说出真相。贝克尔很好地说明了这一点。

从“将我们自己置身于斯坦利的位置”的声明开始，贝克尔继续指出，斯坦利的故事提供了一种可能性，即“开始从罪犯的视角提出有关犯罪的问题”（Becker，1970：71），从这一点出发，我们将会从那些在专业交互活动中的“行动”主体的角度来提问，而不是从有影响力的人物的角度来提问。这也是为什么除了方法论的争论，生活史方法在某些领域不受欢迎的重要原因。正如贝克尔所指出的那样，生活史研究从本质上主张并坚持认为，权力应该听从它所宣称为之服务的人的意见：

> 如果我们把斯坦利当回事，那么他的故事必然驱使我们去采取行动，我们可能会提出一系列过去相对较少研究的问题——比如人们是如何对待罪犯的问题，他们所使用的策略，他们对于世界的假设，以及他们

所受到的约束和压力。

(Becker, 1970)

然而,这一论点应该参照萧伯纳(Shaw, 1930)自己在书的前言中提出的"预先警告"(Early Warning)来解读。萧伯纳在前言中告诫读者,不要基于单一的案件记录来得出关于一般犯罪原因的结论。

早期分析生活史方法的方法论基础的最出色的论著之一是多拉德(Dollard, 1949)的《生活史的标准》(*Criteria for the Life History*)。他的观点为贝克尔做了铺垫,他指出,"对个人生活的详尽研究将会揭示出整个文化的新视角,那是我们停留在正式的横截面层面进行观察时所无法企及或实现的"(Dollard, 1949: 4)。 34
多拉德的观点似乎有点熟悉,或许反映了乔治·赫伯特·米德(George Herbert Mead)对他的影响。多拉德指出:

一旦我们在文化层面上成为观察者,个体就会迷失在群体之中,我们的观念永远不会把我们带回到个体身边。当我们"出离文化"(Gone Cultural)之后,我们将体验到个体成为某种(派生的)文化模式的碎片,就像木偶在(具体化的)文化形式之弦上跳舞一样。

(Dollard, 1949: 5)

与此相反,生活史学家"可以将他的[原文如此]生活史的主体看作社会传播链条中的一个环节"(Dollard, 1949: 5)。这种联结可以确保生活史方法将会改善广泛存在于社会学理论和符号互动论中的"现在主义"(Presentism)。多拉德描述了这种联结同过去、现在和将来之间的关系:

他同过去有着千丝万缕的关系,并以此造就了现在的文化。其他的联结也会跟随着他走向未来,来传递当前的传统。生活史试图描述这样的一个过程单元:它是对具有历史连续性的复杂集体生活的一种研究。

(Dollard, 1949: 15)

多拉德对于所谓文化遗产(Cultural Legacy)、集体传统和期望的分量(the Weight of Collective Tradition and Expectation)以及个体独特的历史(Individual's Unique History)、解读和行动的能力(Capacity for Interpretation and Action)之间张力的讨论，是非常出色的，尽管这些讨论并不流行或受人推崇。通过关注这种张力，多拉德指出，生活史提供了一种探索文化、社会结构和个体生活之间关系的一种路径。因此，多拉德相信，在最好的生活史研究的作品中：

> 我们必须时刻牢记任何情境既是由他人定义的，也是由主体自我定义的。历史不仅会定义不同版本的情境，也会让我们清晰地看到来自正式情境的压力和对情境的内在的私人定义的力量。
>
> (Dollard，1949：32)

多拉德认为这种强调普遍存在的张力的尝试或解决方式，是非常有价值的，因为"在任何一种情境中，当我们遭遇到来自社会的、普遍的或文化的对行动的预期同个人实际行动之间的差异时，就说明存在着私人的对于情境的理解与解读"(Dollard，1949：32)。

事实上，多拉德是在1949年写的书，是生活史研究方法衰落了一段时间之后
才写的(令人遗憾的副作用就是多拉德的作品并没有得到应有的重视)。在20世
纪30年代达到顶峰后，生活史研究方法失宠，并在很大程度上被社会科学家所抛
35 弃。起初，这是因为对统计方法的强有力的推崇使得越来越多的社会科学家开始
追随新的方法。但与此同时，可能也是因为在偏好人种学的社会学家看来，作为
理解人类行为的基础，研究的重心应更多地放在情境上，而非放在传记方面。

贝克尔的论点触及了生活史方法的当代吸引力的核心。但贝克尔的意思是，生活史研究的资料打破了一般知识分子，尤其是社会科学家所知道的常规假设。如果使用得当，生活史的研究方法会迫使我们直面他人的主观认知。这个时候，在一个个性化的后现代社会中，这种对抗对于我们理解世界是绝对重要的。然而，从许多仍被认为是学术工作(Intellectual Work)的研究中可以看出，我们对世界的理解与他人的理解之间的冲突是很容易避免的。如果我们看一看西方世界

大规模的政府研究，就会发现这些研究普遍推崇量化指标或理论结构、统计表格或理想类型，并通过这种方式来规避研究与他人经验和对世界的理解之间的冲突。我们可以把政府目标和考试测验看作推崇定量研究的风潮的典型案例。在这些案例中，定量的作用是模糊了人们的社会经验和社会情境，这些人变成了呈现在表格中的总人数。这样，政治和社会的指标就脱离了它们应该代表的社会现实。生活史研究试图把人们的主观体验重新放回到等式中，这样我们就能开始理解为什么人们会用其特定的方式来感知世界、谈论世界以及讲述关于世界的故事。

在当代世界，我们已经指出个人生活故事是一种不断增长的表征形式，而生活史方法将再次成为理解这些表征形式的重要方式。正如蒙罗(Munro)所说：

> 当前对于人类经验的主体性、多样性和不完全的本质的认可，带来了生活史研究的方法论的复兴。以往对于生活史的批评，比如缺乏代表性及其主观性的本质，现在变成了其最大的优势。
>
> (Munro，1998：8)

这就是为什么，在尝试探索前三章提出的关于生活故事的各种问题时，我使用了生活史的方法。为了进一步解释这一点，让我以第一章中提到的一个项目为例，它运用生活史研究来理解人们的生活以及他们所讲述的故事。学习生活研究项目始于2004年，一直持续到2008年。该项目是埃克塞特大学、布莱顿大学、利兹大学和斯特林大学的合作项目。学习生活是一项纵向研究，旨在加深我们理解学习在成年人生活中的重要意义，以及成年人所讲述的生活故事如何表达他们的理解。研究的重点是人们的学习生活、身份与行动之间的相互关系。本项目的资料收集来自许多不同的渠道。例如，有一组庞大的数据，来自英国家庭调查 36
(British Household Surveys)对1万名成年人进行量化评估的资料。也有对于人们生活历程研究的资料。但是在这一部分，我想用我参与最深入的一项研究作为例证来说明生活史研究。这是一项定性研究，运用生活史的方法研究160位来自各行各业的人，他们生活在美国的不同地区，具有不同的年龄、性别和种族。

收集人们的生活故事

在布莱顿，我们的项目访谈了许多各种不同的人：对象从农民、家庭主妇、退休的商人、寻求庇护者和无家可归的人，到上议院的议员和知名的艺术家。对人类数据资料大范围的收集让我们感受到人们的叙事方式是多么的广泛多样，以及特定的叙事模式类型是如何出现的。在接下来的章节中，我们会对出现的叙事类型进行描述和评价，但是当下我想解释一下生活史的资料是如何收集的，以及这些资料如何帮助我们理解人们讲述他们生活故事的方式。

在“学习生活”项目中，我们大部分的访谈时间控制在2到3个小时之间，我们对很多受访者进行了6到8次的访谈。通常第一次访谈的意图是希望受访者讲述他想要讲的生活故事。这意味着作为访谈者，你几乎要发誓保持沉默。根据我们的判断，访谈中发问越多，访谈越是结构化，我们就越不可能同受访者以持续的方式所打造和建构的生活故事相遇。这是所有生活史作品的一个非常重要的起点，它必须是故事讲述者所经历和描述的生活故事。通常，这个生活故事是经过精心演练的，因为作为讲故事的动物，许多人早在任何访谈者出现之前，就已经打造好他们的生活故事。在生活故事访谈中最常见的问题之一是，你如何让人们讲述他们的生活故事？在做了这么多相关研究之后，我的回答是，你如何让人们停止讲述他们的生活故事？

在提供更多关于生活史访谈的细节之前，有必要提供一个小小的良性警告。大多数生活史的访谈都是顺利的，但人们对访谈的兴趣并不总是像访谈者所期望的那样。举例来说，下面是一个潜在的受访对象泰迪（Teddy）对来自美国学者的访谈请求的回应：

> 该死的你来看我，写我的事，把一长串无用的废物——写进狗屁的书里，该死的教授，该死的雷鸟的脑袋。
>
> （Campbell，1996）

虽然有像泰迪这样对生活史访谈持反对态度的人，但我们的生活史研究中大部分的受访者都是很积极参与的。

当然，进行生活故事访谈的方式有很多种，但是在生活史访谈准备的过程中， 37
研究进展也分为几个阶段。

访谈是从少数的一些非结构化的问题开始的，随着项目的推进和初步分析的进行，就会有一个渐进式的聚焦，并且在生活故事访谈的“基础性对话”（Grounded Conversation）和相遇的双方所提出的问题中出现某种程度的结构。

想要在一开始就保持访谈的非结构化，是因为想让生活故事的讲述者受到尽可能少的干扰，和我们一起复演他们的故事。访谈者的角色是倾听者，我们试着至少在第一次访谈中，尽可能忠实地遵守我们的“沉默的誓言”（Vow of Silence）。

在随后的访谈中，我们的访谈问题都是基于最初的、基本上不加质询的生活故事。当访谈者开始使用其他的资料来源，如文献资料和其他证据来反复质询生活故事的讲述者时，我们就从生活故事转移到了生活史。三角验证的过程就代表着向生活史的转化。这就比第一次的访谈更为复杂周密，且是双向互动的。

生活史可以看作是运用文献或口头资料以及其他口头证据从原始的生活故事中创造出来的“三角剖面”（Triangulate）（图4.1）。比如说，一个生活故事的讲述者在重述他们在20世纪60年代的生活经历时，一系列的其他文献和口头资料可以用来帮助他们唤起对那段历史时期的回忆。通过引入这些资料，可以共同对故事所依托的历史情境做更全面综合的注释。生活故事的讲述者，通过阐述故事的历史情境，开始将他或她的生活故事放置在一个特定的时间和空间之中加以定位。

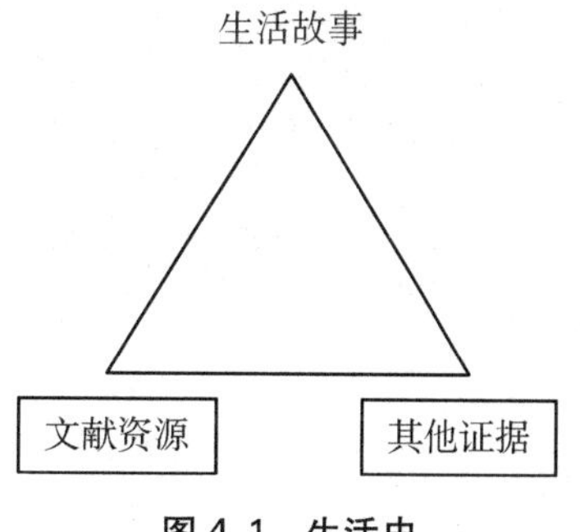

图4.1 生活史

从生活故事到生活史的转变涉及复杂的方法论的理解（Methodological Understanding）——远非本书的这一部分能够阐释清楚的。这种方法论已经在一系列其他的书籍中有过详尽的探讨。例如，我曾与帕特·赛克斯（Pat Sikes）一起写过一篇关于生活史方法如何应用于教育研究领域的介绍性文章（Goodson 和 38

Sikes, 2001)，也曾与舍尔托·吉尔(Scherto Gill)一起对叙事研究中的生活史方法进行了更深入的探讨(Goodson 和 Gill, 2011)。关于生活史的研究范围很广，可以很容易地在这些书的参考书目以及许多关于叙事研究和定性研究方法的书中找到。

那么，我们如何组织我们的工作，以确保我们收集的生活故事不会落入个性化、脚本化和去情境化的陷阱？答案就是我们努力在研究过程中嵌入对于时间和历史阶段、社会情境和社会定位的持续关注。

这意味着随着叙事的进行，从我们最初收集生活故事变成与生活故事讲述者合作，共同讲述他们生活的历史与社会情境(图 4.2)。到最后，我们希望生活故事能够成为生活史，具体地定位于历史的时空与社会情境之中——研究演进的序列如下图所示：

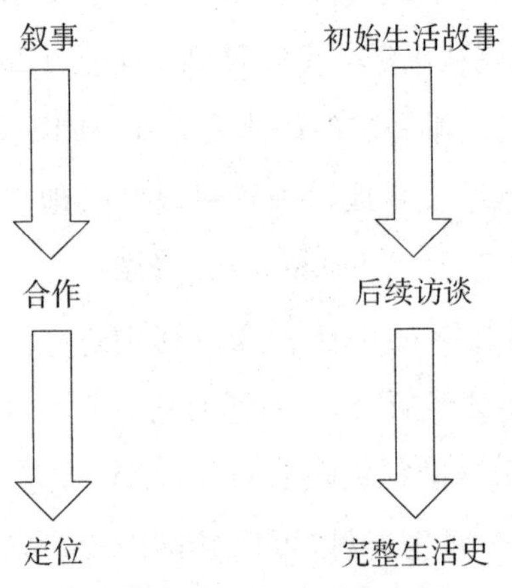

图 4.2　发展生活史的访谈

让我举一个具体的例子，说明在我们探究教师生活的研究中，定位(Location)是如何发挥作用的。在如今教师的生活故事中，常规的故事脉络是技术人员遵循政府的指导方针，教授由政府或教育部门规定好的课程。这样的故事脉络反映了一个特定的历史时期，教师工作以一种特殊的方式来建构。然而，如果我们把当下英国教师的故事脉络与 30 或 40 年前收集的教师的故事脉络相比较，就会发现，这些故事讲述的是一群拥有自主权和专业能力来决定教什么课程以及在这些课程里教授什么内容的专业人士的故事。如今，在我们为当下教师的生活故事寻求定位时，我们必须以一种特殊的方式，与教师工作的持续性的建构开展合作。在理解当代教师是如何在特定的工作情境中进行工作之时，我们的合作也在某种意义上提供了教师工作的历史情境，并且受制于学校教育的历史环境变迁所带来的变化和转型。因此，在从叙事到定位的转化过程中，对教师工作的历史性理解要伴随着持续性的叙事访谈和合作才能产生。

从生活故事到生活史的转变是合作叙事访谈的一个重要的分水岭。并不是所有的叙事访谈都是严格按照上述的阶段来操作的，也不一定遵循相似的顺序。通过探索生活故事和历史情境的并置，我们可以理解人们的叙事类型是如何分化的。我们将在第六章来解答这个复杂的难题。

第五章 发展叙事画像

在第四章，我们对本书所呈现的许多研究所运用的基础的生活史方法论进行了初步的描述。生活史访谈是探索人们个人叙事复杂性的完美工具。正如第四章所述，作为生活史访谈核心部分的故事收集与合作叙事，都是强调以生活故事叙事为切入点的。随后，我们展示了"渐进式聚焦"(Progressive Focusing)是如何发生的，以及理智的对话如何开展，并由此引发出关于历史情境和社会定位的讨论。

生活史访谈能提供丰富的资料——在某些情况下，我们会对生活故事讲述者进行6到8次3小时的访谈。这就会产生大量的访谈记录，分析这些资料的过程必然是艰苦而复杂的。有许多不同的计算机辅助工具和软件包可以为资料分析提供帮助，从简单地使用"关键字"到使用诸如QualiData或Ethnograph之类的程序。它们可以在很大程度上帮助我们确定那些最具生产力的访谈和最具代表性的生活故事讲述者。然而，我个人更喜欢以手动方式进行资料处理，我称之为"沉浸在资料中"(Bathing in the Data)(有些人会称之为"淹没在资料中"(Drowning in the Data)，一开始面对如此浩瀚的资料时可能确实会有这种感觉!)。这意味着要以一种缓慢、渐进的方式阅读访谈记录。在进行这项工作时，我常常会使用一个"主题笔记本"(Thematic Notebook)，同时在笔记本和访谈记录上标记出访谈中出现的重要主题。随着时间的推移，一些主题逐渐变得"饱和"——也就是说，这些主题经常出现，在许多生活故事中都是明显的要点(关于这些要点的详细介绍，请参阅第二章，Goodson和Sikes, 2001)。

随着主题从生活史访谈的细节中浮现出来，很明显，一些生活故事讲述者会涵盖许多相关的主题，而另一些人则可能只包含少量主题的内容，或者很肤浅地或快速地涉及这些主题。我使用"主题密度"(Thematic Density)这个词来描述那些覆盖了广泛的主题或以深刻的方式涵盖了特定主题的生活史访谈。

在确定了生活叙事中起作用的重要主题，并开始使用其中的一些主题来概念化叙事类型之后，一个新的工作阶段就可以开始了。在我参与的许多研究中，我 41
都倡导并运用那些发展了详尽的个人案例研究的生活史或刻画主题最密集的生活史。叙事画像阶段(the Portrayal Stage)代表了从早期开始的对资料聚焦的第二阶段，即通过对访谈进行转录和转录分析来发展对于主题的理解。画像会对一般主题分析进行提炼，并将它们通过生活叙事中详尽的个人肖像(Individual Portrait)的形式呈现出来。

在接下来的章节中，这些叙事画像和前面的主题分析，为叙述特征的成型提供了资料基础，证实了它们的代表性。为了呈现叙事画像类型的特征，下面对伊娃(Eva)的研究具体阐释了我在“学习生活”项目早期所发展的一种叙事画像。这种画像方法对于《叙事学习》(Goodson 等，2010)一书中我们提出的一些发现有很大的影响。然而，书中分析的重点是学习。在对伊娃研究的叙事画像中，我们采用了更一般的主题，让我们能够一窥研究叙事的方法。

从一开始，伊娃就热衷于和我们讨论学习生活项目。在正式访谈之前，我们进行了一系列探索性的谈话，谈论很多关于这个项目以及生活史访谈是如何进行的问题。很明显，这些访谈与伊娃对于这个世界以及自己在世界中的定位的持续的好奇和探究的意识是相一致的。我以一种原始的未经修饰的叙事画像的方式来呈现，以此展现第一次收集的访谈资料的“感觉”(Feel)，以及最初是如何尝试对访谈资料进行理论化和情境化处理的，还有访谈者和受访者如何共同合作逐步生成生活史的视角。生活史知识是在具体的访谈环境和研究团队的环境中通过社会性交往与合作产生的。在伊娃的例子中，我们可以清楚地看到，作为生活故事的讲述者，她在发展自己的生活故事的理论和主题上是多么地积极。

伊娃·弗洛伊德：发展叙事画像

伊娃·弗洛伊德(Eva Freud)出生于罗马尼亚特兰西瓦尼亚(Transylvanian)的一个城市，从奥匈帝国时期开始，这座城市就经常易手。1971 年，她出生的时候，这座城市就是一个忠诚与信仰不断变更之地，不断变化的种族身份是它现代文化和政治历史的一部分。她的母亲是“犹太匈牙利人，在德国和匈牙利长大”，她的父亲是“天主教徒，非常地道的匈牙利人”。父母都是音乐家。伊娃的父亲：

> 与当时在罗马尼亚抵制对匈牙利人的文化压迫的其他知识分子有广泛的联系，正因为如此，他在当地的安全部门和其他部门都遇到一些麻烦。比如，他不能办护照以至于他没法去看望他那跑到芬兰的唯一的兄弟。他被拒发护照，因为他在政治上太过激进。

42 匈牙利人的这种背景从一开始就为适应和归属设置了重重困难：

> 在我们成长的环境中，我们知道，嗯，在家里所听到的东西是不能在大街上讲的，嗯，因为这会给我的父母带来很严重的麻烦。嗯，我到六岁以前都是说匈牙利语，这很有趣，因为基本上我们应该是双语的，因为这个国家的语言是罗马尼亚语，嗯，但是因为我父母的信仰，嗯，我的父亲很坚定地认为我们首先应该学好匈牙利语，而其他一概不学，所以有人在街上用罗马尼亚语问我，“嘿，你是一个女孩还是一个男孩”，因为我以前有点假小子，嗯，我曾经就很自豪地用罗马尼亚语回答，“我不会罗马尼亚语”。

身为一个匈牙利人而生活在罗马尼亚的这种分裂也同样地在她父亲对于匈牙利民族主义的忠诚和她母亲的犹太身份之间得以复制。

> 我认为在我父亲的朋友和圈子中，你知道，有一种很强烈的认知，就是政府不希望匈牙利人拥有自己的文化，呃，文化上，比如，我的父母都在歌剧院工作，在20世纪80年代早期，有两个剧目，至少有两个剧目，这是一个匈牙利歌剧院，是当时全国唯一一个用匈牙利语进行表演的剧院，也就是所有的剧目都是用匈牙利语来表演的，不管是意大利歌剧还

> 是德国歌剧，或者其他，其中有两到三个保留剧目很受公众的欢迎，都是19世纪的匈牙利歌剧，嗯，同1848年革命有关，这些是被禁止的。这些剧目都要从剧目表中去掉。这样一来，公众就在歌剧《拿布果》(Nabucco)中著名的奴隶合唱的那一幕进行静默抗议，当局没法把这个歌剧也拿下曲目表，因为《拿布果》是再正常不过的歌剧，所有的歌剧院都有这个剧目，但是它隐含了非常强烈的民族主义的信息，嗯，所以当奴隶的合唱开始的时候，整个剧院的观众都静默起立，这种沉默的抗议，所以那是非常，非常，这些东西非常强烈地影响了我，我觉得我的弟弟受到的影响会小一点，因为他比我小四岁，他十一岁的时候就离开了，嗯，但是，我非常非常强烈地感受到作为一个匈牙利人的骄傲，后来，直到很久以后我才真正地认识到什么是民族主义，这些事情，尤其是我父亲推崇和尊重的东西，嗯，其实是非常地，可能，可能不是极右派，但确实是右翼的和典型的民族主义理想派。例如，他，他有成捆的20世纪30年代的杂志，从他还是一个小孩的20世纪30年代的早期开始，呃，是关于童子军运动的，匈牙利童子军运动，呃，我花了大约十年才意识到这个运动是公然反犹太主义、民族主义的右翼运动，事实上，匈牙利的童子军后来还支 43
> 持了匈牙利政权与德国纳粹的关系，嗯，但是在那个时候对我而言，这些都是很棒的故事，因为，因为它们是用匈牙利语写成的，它们讲述的是关于匈牙利的故事，它们是关于，我认为它就像一个禁果一样，我们是没有体验过的，嗯，在我的童年里我们没有童子军运动，我们只有少先队，这些都是我的，我的父母所蔑视的，嗯，所以。

她的匈牙利身份的发展也受到她母亲的犹太身份的影响。这在伊娃早期的学校生活里制造了很多的混乱。

> 我母亲是犹太人的事实，我几乎完全地无视它，嗯，直到我大约八九岁的时候，然后我们不得不去学校，我们必须去，嗯，每一个人都要站起来，然后会做一些调查，嗯，问你父母亲的国籍以及他们是不是党员，我

很自豪地站起来，说，我的父母都是匈牙利人，他们不是党员，对于这些我特别自豪，嗯，然后我就回家了，妈妈问我，“今天在学校做了什么？”我说，“好吧，我们每个人必须要说父母的情况，等等。”妈妈接着问，“那你怎么说的？”“嗯，我说你们都是匈牙利人，说了你们都不是党员。”我妈妈看着我……说，“好吧，其实你，嗯，如果你问我的国籍的话，我想我不是，我是犹太人，不是匈牙利人。”我想了一下，说，“好吧。”所以第二天回到学校我举手说，“我昨天犯了一个错误，我妈妈不是匈牙利人，我妈妈是犹太人。”整个教室一片寂静，一个来自乡下的孩子对我说，“是一个真正的犹太人？”[笑]因为她认识我的妈妈，我不知道他们在乡下听到关于犹太人什么样的言论。她知道我妈妈肯定没有两只角和一条尾巴，所以她不能相信我妈妈是一个真正的犹太人[笑]。所以，我就想，这是一个多么奇怪的问题啊，当然是一个真正的犹太人，我不知道这意味着什么。所以，呃，然后，然后，我想，我认为时间顺序上可能有点混乱，因为我记不清了，但是有一天我回到家，从我父亲的大图书馆里拿了两本书，那是不准我碰的。我父亲的图书馆里大概只有两三本书是禁书，它们被放在最后一个书架上，我的父亲不允许我碰这些书，只有等我长大一点才可以去读它们，当然，这是一个大人可以告诉孩子的最糟糕的事情。所以，呃，当我，你知道，长大到可以爬上椅子并够到这些书的时候，我就去读这些书了。它们是关于大屠杀的，有，嗯，你知道的，清楚的照片，贝尔根-贝尔森(Bergen-Belsen)和所有那些集中营，我非常，非常震惊。我完全不知道这些，嗯，这些曾经真实地发生过。也是在那时候我知道我妈妈是犹太人，所以，这让我，嗯，非常同情，呃，虽然我完全不知道是怎么
44 回事，但是人们受到迫害，因为我们是匈牙利人，我们被认为是受迫害的，这促使我，对于我母亲是犹太人以及属于这一群体的事实，产生了极大的同情，我非常困惑，为什么，为什么她没有死，为什么她还活着，嗯，看完这些图片和书后的好多天，我一直做噩梦，我想我那时候一定非常小，大概十岁左右，所以，我不得不向我的父母坦白因为我偷偷读了那些禁书才会不断地做噩梦[笑]，我被狠狠地斥责了，但是我的母亲确实向

> 我解释了究竟发生了什么以及为什么他们活下来了，他们活了下来是因为他们在罗马尼亚，没有在匈牙利，因为当时特兰西瓦尼亚，在第二次世界大战期间回归匈牙利，当时所有的犹太人被驱逐出境，而我的母亲不是来自我的城镇，她来自车程三小时远的另外一个小镇，这个镇子当时属于罗马尼亚，因此罗马尼亚的犹太人幸存下来了，这就是他们如何幸存下来的，嗯，这是一种解释，但是，我认为，因为我的母亲自己就是一个暴力丈夫的受害者，所以这在我的脑海里是有联系的，嗯，她是犹太人，她是受害者，她是她丈夫的牺牲品，她的丈夫是天主教徒，所以这一切都混杂在一起。

这种匈牙利人和犹太人身份之间的原始分裂伴随着她在她家附近的街道上公然过着极为正常的生活(Very Normal Life)。

伊娃捕捉到了她小时候在罗马尼亚的日常生活，一次又一次地强调她的生活极为正常，每一天都很正常，没什么特别的。

> 是的。嗯，我认为，在齐奥塞斯库时代，最主要的就是整齐划一的建筑布局，那个时候很多的农民都被城市化了，因为他希望当时的罗马尼亚从一个农业国家变成一个工业化国家，所以他所做的就是建立重工业，让农民变身工人，这是件最具灾难性的事情，但是这确实，嗯，呃，让罗马尼亚的社区和街道出现了许多风格统一的高楼大厦。嗯，我就是在这样的高楼里长大，嗯，因为这样的布局，嗯，在这些高楼之间就有很多小的街道，你知道，还有很多小的绿地补丁，我想就像这里的房产，嗯，政府的房产就是更高、更大的楼房，嗯，还有非常少的车辆，所以，最重要的事情就是，我们并不是在公寓楼里长大的，我们是在这些公寓楼外面长大的，你知道，在街上[咯咯笑]和在操场上，在那些房子之间，有相当多的操场，嗯，虽然不是装备精良，但数量很多，我们那时候还有自己的街头帮派。嗯，呃，正常的一天是在学校从 8 点待到下午 1 点或 2 点，嗯，然后回家，我是乘公共汽车回家，大概会花 20 分钟左右，嗯，然后是吃午

45 饭，吃完午饭就到外面和街区里的其他小孩子一起玩耍，嗯，街区里的孩子形形色色，有罗马尼亚、匈牙利、德国等各式各样背景的，嗯，你会和所有的孩子一起玩耍，嗯，基本上是在外面玩，我们很少看电视，嗯，因为20世纪70年代电力短缺，到了80年代情况更糟，那时候国家的电视频道每天只播放两个小时，晚上的8点到10点，星期天的播放时间会长一点，从8点到10点你可以看电视，嗯，我们也有一个跟别人不太一样的电视机，嗯，但是你可以看的节目就是，嗯，齐奥塞斯库访问一个农村合作社的新闻，嗯，或者是其他的一些民俗节目，有的时候会放电影，但不一定，嗯，所以电视对我们而言没有什么绝对的吸引力，电脑那时候还不存在[咯咯笑]，所以也没法玩电脑，嗯，我们基本上都是在外面，和同伴玩耍，骑自行车，在操场上玩，你知道的，做孩子们玩的恶作剧，还有阅读，我读了很多书，几乎通读了那时候主要的儿童读物和青少年文学，即便是读书我也不是在室内读，我在外面有自己的小小的藏身之所，可以在那里阅读。嗯，在公寓里面的时候基本上是早上和晚上，我回到家以后还需要练习音乐，做家庭作业，然后就是吃晚饭和睡觉，就是这样。所以，我的童年生活是非常普通的、户外型的、公社型的生活，嗯，总是能找到伙伴一起玩耍，嗯，如果没有人你也可以成天在外面骑自行车，呃，后来我的弟弟，他比我小四岁，当他长得足够大了以后我们就一起出去玩，我们基本上是属于一个帮派的，我们就拼命地骑自行车[笑]，这就是我的童年，这就是为什么我说它极为正常，我想，你知道的，每一天，都没有什么特别的。

但除了正常的街巷生活，不管是作为匈牙利人还是犹太人，仍然存在着关于种族身份认同的冲突。实际上，伊娃在学校里也发展了一种非常特别的生活史。伊娃就读的学校是一所专业的音乐学校，是罗马尼亚政府在全国设立的5所音乐学校之一。在伊娃讲述了她日常的普通生活以后，我们问她那时候是否有很多孩子练习音乐。

不。练习音乐是在学校完成的，我所去的学校是一个地区性的学校，全国一共只有5个点，学校会有，嗯，我之前说过的，有来自农村的孩子。嗯，我比较幸运，因为学校就在我所在的城市，只有半小时的车程，因为它是一个专业的音乐学校，我想可能跟这里的普塞尔学校（Purcell School）和梅纽因学校（Menuhin School）差不多，一直到十八岁，是非常高强度的学校，你知道的，所有来这所学校读书的孩子，都要出类拔萃有所专长，嗯，你就需要、必须不断练习，这是毫无疑问的，但是，因为我从 46
小到大都一直在练习音乐，所以我并不觉得这有多特别，嗯，我还有朋友也练习音乐，不是那些街市里玩耍的朋友，而是一两个也同样去这所学校的朋友，然后我的父母都是音乐家，嗯，但是，嗯，当然，我的同学也全都练习音乐，所以练习音乐就是你必须要做的一件事情，而且每年年底都要考试，你必须要做得很好，所以，没有理由不去练习音乐，我的母亲后来告诉我，在最初的两年里，她曾经陪着我一起练习，但是我完全不记得有这回事[笑]。我一直以为我是一个人独自练习，但显然不是。

音乐学校的生活使她超越了正常的街头生活，但同时又保留了街头生活的那种活力和热情：

学校真的是非常棒，我得到了很多帮助，这很好，我很快就和班上的不少同学成了朋友，所以，嗯，那就更好了，嗯，我感觉获得了很好的社会性支持，嗯，从那以后，我过得比以前更好了。嗯，从前在学校里我有一个精心挑选过的朋友圈，你知道我们有过帮派，就是街头帮派，但是那是十二三岁以前，之后孩子们很快长大，当你十几岁以后你就不再玩那种帮派游戏了，嗯，在我的学校里，在音乐学校里，嗯，我想我一定是老师的宠物[咯咯笑]，也一定是每个同学的噩梦，一个总是举手回答问题、总是知道问题答案、总是想知道答案、受到老师青睐的人，对你的同学来说，不是件好事[笑]，一点也不。所以，这一定会造成一些障碍，但是我当时完全不知情，嗯，我想我的家庭生活，并不是很好，所以，学校成为了一个避难所，嗯，我崇拜学校里的成年人，我崇拜老师，也可能因为家里所发生的事情，嗯，我特别希望学校里的老师喜欢我。对我来说，更重要的是让老师喜欢我而不是我的同龄人，我之所以会看不上我的同龄人，是因为我以为对我而言他们并不是最重要的我要博取好感的人，嗯，当我去了以色列以后，我开始意识到，你知道，事情并不是如此，而且因为家庭生活发生变化，我的生活突然有了其他的优先事项，我开始在班级里交朋友，我们开始有了很好的社交，你知道的，嗯，比如其他孩子会到家里和你一起过夜，我也会到其他同学家里过夜，在高中的四年里我妈妈的房子是开放的[咯咯笑]，房间里总是放着两个床垫，我总是会到这个或者那个朋友的家里去过夜，那真的非常棒，这跟我以前所知道的社交生活真的非常，非常的不一样，所以，正如你所知道的，两三年后，这真是太棒了。

这一时期，伊娃很希望在音乐方面"出类拔萃"。我们问她，"你是不是一直都
47 想出类拔萃？"她回答道，"打我记事以来，这真的很可悲[大笑]，这是真的，真的很令人悲伤。但是，是的，是的，我想是这样的，我一直都想出类拔萃。"访谈就继续探讨这一主题：

访谈者：你认为是什么让你，是什么给了你……？

伊　娃：强烈的愿望？

访谈者：是的，强烈的愿望。

伊　娃：这真的是，我不知道。呃，我想一开始可能就像我说的，很大程度可能是因为家里的状况，嗯，我需要被人喜欢，我在某种程度上建立了一种联系，就是变得优秀能让成人喜欢我。嗯，当你还是一个孩子，你知道的，嗯，有一篇关于我在广播节目中的一篇小文章，那时候我四岁，他们问我关于行星的名字，因为我的父亲教了我行星的名字，所以我知道那些行星的名字[咯咯笑]。他们问我行星的名字，然后问我哪

一个是最大的行星，我说是木星，然后他们继续问我你觉得它有多大，我说，好吧，大概像两个十层高的楼房叠在一起那么大，因为那是我能想象的最大的东西了，因为我家住的楼房是我所知道的最大的东西[笑]。所以有两个楼房那么大一定是绝顶大了。所以我想，当你成为那样的孩子，嗯，像你这样的大人就会喜欢，因为他们喜欢，哦，多聪明啊，你知道，那种高高在上的，嗯，气氛，嗯，我想我喜欢，我喜欢被喜欢的感觉。嗯，然后我就想，如果我很聪明，然后一直保持很聪明，并继续聪明下去，你知道，就会变得脱颖而出，这也做得最好，那也做得最好，嗯，那大家都会喜欢我，这就是为什么我说我花了很长时间才弄明白让别人喜欢你这件事情并不是你生活中唯一的需要[笑]。我花了很长时间才想明白这件事，我想这说明我并没有那么聪明，你知道，要花那么长时间才想通。嗯，但是，呃，这是一种非常特殊的，一种智力上的超群表现，你知道的，或者是对自己工作的擅长，你所做的事情上的优秀，它不是你作为一个人的优秀，作为一个人，在你品质上的优秀，而是你所知道的和你知道多少。

这种对技术学习和追求卓越的关注对她的音乐事业以及她的人生观和学习观产生了深远的影响。

我有一个住在以色列的很好的朋友，我们一起在罗马尼亚长大，我们在同一个班，是最要好的朋友，她的妈妈是学校的小提琴老师，嗯，我没有跟她学习，但是我的很多同学跟着她学小提琴，嗯，后来他们到以色列去定居。很多很多年以后，她在一次音乐会上听了我的演奏，然后她告诉我，当我还是个小孩的时候，嗯，你知道，大概十二三岁的时候，那时候我经常弹琴，我弹琴弹得总是很合拍，声音很好听，但是却完全没有感情，根本没有表情。

48 在音乐学校之后的移民岁月中又有了许多新发展。

当我 15 岁的时候，我的母亲决定移民到以色列。嗯，以色列，因为这是离开罗马尼亚的唯一可能。嗯，她也可以移民到德国，这对她来说会好很多，因为她会说德语，而在以色列，她当时 50 岁，[?]，但是，嗯，所以，嗯，她，呃，找到了份在歌剧院弹钢琴的工作，但是如果在德国的话，嗯，工作的机会就会更多，因为在德国几乎每一个村庄都会有一个歌剧院，而在以色列只有一家，而且在那个时候也才刚刚起步。所以，嗯，但是因为我们在以色列有一级亲属(First Degree Relatives)，比如，我的祖父母，他们在 20 世纪 60 年代就已经移民到以色列，但是在德国，我们只有二级亲属(Second Degree Relatives)，嗯，法律规定我们必须移民到以色列而不是德国，嗯，因此我们必须去以色列，嗯，其实这很大程度上，也是一种经济的决定，但移民的决定更是为了孩子的未来而考虑的，因为我的母亲意识到作为匈牙利人会很大程度上阻碍我们未来发展的机会，因为那个时候大学里面已经有入学限制条款，如果你有一个匈牙利的姓氏，而我正是如此，嗯，那将会严重地阻碍我上大学的机会、工作和学习的机会，等等，等等，因此我的母亲对此说不，嗯，这绝对不是她期望带给自己孩子的未来。嗯，我的父亲那时候决定不一起去以色列，因为他说他在以色列不会感到任何形式的自在，实际上还有另一个原因，是一个非常私人的理由，他是一个酒鬼，而且是一个暴力的酒鬼，所以我想这是我妈妈用以摆脱他的另一种方式，因为在罗马尼亚，他是不会同意离婚的。他对离婚这样的想法压根都不想听。嗯，所以计划就是，总体的计划就是我们会去以色列，然后等我爸爸要退休的时候，他再移民到德国，然后我们会在德国团聚，我妈妈嘴上同意说，“好的，好的”，但是当然了，嗯，其实她根本没打算真的这样做。嗯，所以我的父亲就留下了，他们离婚了，我的父亲留下了，嗯，我的妈妈，15 岁的我和 11 岁的弟弟，去了以色列，正如我说的，我们三个人，显然地[?]，不会读、不会写也不会说以色列语，就这样去了以色列，那一年是有趣的一年，对我来说是有趣的一年，因为它就像一次冒险，但是对我母亲而言就没那么有趣了[笑]，一个50岁的女人，什么也没带，嗯，很显然，那时候货币没法转换，所以没有必要带着钱，嗯，身上所有的东西就是三个旅行箱，以及后来跟着我们寄过来的一些书籍、乐谱，嗯，你知道，私人物品，嗯，就是这些，还有银行账户上的大大的零。那个时候，她真的已经50岁了，所以这不是一个轻松的决定，嗯，到以色列一年不到她就开始在特拉维夫音乐学院的歌剧班里教钢琴，我进入了音乐学校，我的弟弟也开始在学校上学，嗯，一切都步入正轨，进行得很顺利，之后的十年我一直住在以色列。嗯，前面四年都是在高中度过的。

伊娃把她15岁那年(她的妈妈50岁，她的弟弟11岁)移居以色列的经历描述 49
成她所投身的一次巨大的冒险。但是，她也谈到了逃离那个功能失调的家的感觉。她的身份的两个支柱——小提琴和书籍，就好像为她提供了“救生筏”(Life Raft)，一种连续的和持续的身份认同得以延续，她的匈牙利人的身份在她被以色列同化的过程中也保留了下来。

我的意思是，我确实说过这是一次冒险，这就是我的感受。起初，它看起来并不真实。看起来不像是真实的生活。好像一切都不一样了，就像我之前提到的，自由的感觉，自由的言论，自由的思想。这是非常，非常，非常不同的。嗯，但是其他的一切都不一样了。气候完全不一样。一个非常的热，一个是地中海气候。嗯，空气的质量也不一样，气味也不一样，光照也不一样。呃，自然的风光也截然不同，因为我所长大的地方是山地，我想跟英国唐斯(Downs)的丘陵地不同，我长大的地方就是个山城，有很多陡坡，嗯，有森林以及其他，而以色列地处沙漠，因此[笑]所有的东西都完全不同，没有一件事和以前一样，除了我们的家庭组成除去了我父亲，就像我说的，这是件好事，因为他酗酒，他留在匈牙利是件好事。所以，从这方面来说，这是一个巨大的解脱，你知道，我们从前所目睹的那些场景，将不复存在。在早期，那是最好的事情之一。这种解

> 脱意味着我们可以很轻松地生活，你知道，不再受我父亲的暴力以及其他事情的影响。嗯，另一件事就是小提琴。那是，那是你从旧世界来到新世界的感觉[笑]。所以，这些是那时仅有的两件好事情，嗯，还有书，我们带了很多的书，后来我开始，开始更加热切地阅读，读得越多就日益意识到我仍然保留了我的匈牙利人的身份认同，等等，嗯。而我们所进入的世界，还有那么多的东西要去发现，它就在那里等待我们去发现、去吸收和去同化。我想，嗯，我想做的第一件事就是很快地学习语言，嗯，而且我还要很快很快地学会它，因为到达以色列的两三个月以后我就要去学校了，我还记得，在参加入学面试的时候，他们都不相信我刚到以色列三个月，而且我对希伯来语一无所知，等等，后来他们就把我送去一个电视台的谈话节目[笑]，还是个黄金时段的电视节目[笑]，嗯，总之，就是因为我学希伯来语学得太快了。

选择小提琴和书籍作为她在“旧世界”的道具，非常明显地反映出伊娃两种竞争性的身份选择的意识。这些书籍以及她想要保留匈牙利身份的愿望显然与她的父亲及其政治活动有关。在酗酒和暴力摧毁了她父亲的榜样形象之前的某个阶段，她一定是曾经考虑过追随她父亲的脚步的。她指出，她的其他的榜样也在某种意义上确认了这条“未走过的路”(Road not Travelled)，但她也承认：

> 有很长一段时间，我觉得我去了以色列，就像是一个叛徒，背叛了一
> 50 项事业，背叛了同匈牙利的联系，我认为我应该，应该追寻我父亲的脚
> 步，成为一个政治活动家，等等，等等，有趣的是，我们确实认识一些人，
> 嗯，一个大学教授，这位女士组织一群学生进行秘密活动，然后就陷入了
> 巨大的麻烦，嗯，等等，嗯，然后她每况愈下，嗯，1989 年之后，柏林墙倒塌
> 以后，突然间，一切都变得触手可及，一切都如你所愿，但你从未这样想
> 过，所有的抗争都不复存在了，她的个人生活就分崩离析了，然后她就成
> 了一个酒鬼，等等，等等，等等，这，这真是一个非常，非常，非常悲哀的
> 故事。

后来，她又说：

> 刚到以色列的时候，我有点感觉，也许我正在背叛这项事业，我在逃跑，我不应该这样做，我，我应该在某个时候回去并且继续这种抗争，但后来已经没有什么所谓的斗争了，但是在天鹅绒革命（Velvet Revolution）发生前的三年我们并不知道后来的状况。

从这一刻起，她放弃了政治反对派的生活，把她的父亲和罗马尼亚抛在了身后，但她仍然需要继续寻找一个项目，以表彰这种对更广泛意义的探索。这些都以她后来所说的“小十字军东征”（Little Crusades）的形式出现。她的第一阶段是信奉犹太宗教：

> 我想大约在我到了以色列一年以后，就开始进入了我的宗教年龄的阶段，因为我完全，被犹太教的斋戒日所吸引了，我曾经向你描述过，嗯，它究竟是干什么的，嗯，然后我就开始阅读、向人们打听以及开始探索这惊人的宗教财富，嗯，在我的头脑里，嗯，我就把这种宗教的魅力与知识分子联系在一起，我认为宗教活动，你知道的，就是几个世纪以来的智力活动，嗯，从历史上看，宗教社会似乎是一个做了很多思考的社会，有那么多的宗教文本，犹太教义的文本、犹太教的禁忌和束缚，以及他们如何组织日常生活的，嗯，这绝对是令人着迷的。所以我很投入，我有一个老师，一个文学老师，她有点像是收养了我，嗯，她和她的丈夫，嗯，会在这些方面指导我。那真的是太棒了，嗯，而且非常，非常有趣。嗯，不幸的是，我尝试，你知道，去穿犹太教女子的黑色长裙，嗯，就是那种长袖子的裙子，我母亲对此感到非常的惊慌并有些许担心，嗯，但是在 17 岁那年我去参加了一个音乐营，我拿到了奖学金到美国参加了一个音乐营，从那时候开始，我对宗教痴迷的阶段就终止了。

后来，她谈到了自己在迷失方向的以色列移民初期的心理需求，但她对宗教

51 的审视似乎是她想要重新回到自己作为一个知识分子、一个阅读者、一个活动家、一个富有某种程度创造力的人的一种活动需要，这种需求与她在罗马尼亚的自我以及那个有着小小的藏身之处可以躲起来阅读的旧世界有着千丝万缕的联系。

> 这是与其他每一个人不同的部分，成为那个独一无二的我自己，成为，你知道，拥有自己的想法和自己的身份，所有这些，我认为是，人之所以为人的一部分，嗯，然而，就像我说的，来到这里以后，在这方面我不得不缓和了一些[笑]，因为我，嗯，我想我并不希望如此，是的，我不希望成为大多数人的其中之一，因为——我想那可能也是来自我的童年，因为我的父亲，你知道，坚持为社会中的少数群体的权力抗争，等等，嗯，所以我继承了那种叛逆，坚持我所相信的东西，那些对我而言我认为重要的价值观，嗯，即便我所在的社会里其他的人都不认可也无所谓，因为那是我坚持的东西，我就会那样去做，嗯，所以我认为这是我的一部分，你知道，这也是，嗯，最开始几年的时候，你知道，是非常艰难的，你知道，完全不同的社会，嗯，那也是一种逃避，那绝对是一种心理上的逃避。

她对不公正和压迫的担忧持续地影响着她在以色列的活动，在那里她加入了和平游行和反对皮诺切特(Pinochet)将军在智利统治的示威运动——她说，“我总是参与，这绝对是我生活中的一部分，这是肯定的，每当我看到那些我认为不公平的现象，我就会介入，告诉他们事情的真相[笑]。”

> 访谈者：所以你认为这是从哪里来的呢？那种……感觉来自哪里？
>
> 伊　娃：嗯，我觉得，嗯，是的，也许我倾向于，更多地从心理上来解释，但我认为它来自，我肯定知道它的来源，嗯，曾经目睹我的母亲，作为我父亲的受害者，并且认为那是非常非常不公平和不公正的事情，嗯，但是，却没能阻止它，无法停止这种不公正的事情，嗯，我确实尝试过，你知道，去打我的父亲，但并不是很成功，在我十一二岁的时候[笑]，并没有那么成

功，但是，我试着让他生气，这样他就会打我而不是我妈妈，嗯，我变得很生气，说了一些可怕的话，我知道自己会惹恼他。所以我确实尝试了这些策略，当然那时的我只是个孩子，嗯，我想，我认为我明白那些不公平的事情给我带来了非常大，非常大的困扰。然后我就把它转换到不同的，不同的情境中去，每当我感到，我看到有人受到威胁，嗯，我就会沸腾［咯咯笑］，我做了，我想我做了孩提时代没法做到的事，就是试图阻止不公平的事情的发生，所以我确定，我敢肯定，就我个人而言，它来自，来自我在家里所看到的，嗯。此外， 52
嗯，还有更大的，更大的背景，比如少数族裔的群体被压迫，匈牙利人被压迫，我觉得这是非常，非常不公平的，因为，嗯，他们阻止诗人发表诗歌，阻止人们发表文章，禁止戏剧的演出和歌剧的表演，如此等等，所有这些，都是不正确的，这是不公正的。嗯，那是，那是一种，同样地，我，我想我是沉浸在那种，嗯，氛围中，就是你试着表达，试着站起来并且抗议，尽管这被认为是危险的，事实上，越是危险就越好［笑］。

访谈者：但是，这似乎还是来自家庭背景。

伊　娃：是的。它肯定来自家庭，来自家庭背景，来自个人层面，来自，嗯，直接，直接的环境水平，因为，这就是我，这就是我所看到的，我所知道的，我们住的公寓，我父亲的非常亲密的朋友，跟我一起长大的小孩，我们每个周四晚上都要被搜查，他们似乎会在那个时候来，搜查整个公寓并制造巨大的浩劫，你知道，把沙发切开还有其他所有东西，每个周四的晚上，嗯，我们总是会藏，把他们找的那些书藏起来［笑］，那些禁书。

访谈者：好的。

伊　娃：我知道他们在公寓里的确切位置，因为在我们的公寓里，所以我们实际上很幸运，我们的公寓从来都没有被搜查过，嗯，但是，绝对是，嗯，存在着对于这种压迫的反抗，我听说

> 过一个故事，你知道，有一个女士，是一位大学教授，她无论到哪里都有一个专员跟踪，嗯，而且当地克格勃的官员会非常频繁地对这些人进行面谈。然后有一个，有一个和我父母一起工作的演员，他们在同一个大楼的歌剧院工作，其中有一个演员我知道，嗯，他喝醉了，然后在半夜的时候，对着一个罗马尼亚的伟大领袖的雕塑撒尿[咯咯笑]，警察抓到了他，他被打得很惨，他的手臂被打折了，嗯，他的脸被打得血肉模糊，但是，他的手臂我记忆深刻，我记得他的手臂，嗯，你知道，打了两个石膏。所以我确切地知道为什么会发生这样的事，为什么会，很显然是别人告诉我的，嗯，所有这些事情都是非常，你知道，都是你要公开反对的。这就是你会做的，没有其他的可能性[笑]。所以，我想这就是叛逆，你知道，它来自我的个性，然后伴随着我的生活，我把它转化成各种不同的生活中的片段[笑]。

这段话概括了伊娃从作为受害者的母亲和她那缺点重重的父亲那里所继承
53 的复杂的遗产，以勇敢和有原则的方式与种族压迫作斗争。伊娃致力于社会公正，当她试图将从父母那里所继承的遗产转化到自己生活中的不同境况之中去时，她也是在以不同的方式来向父母致敬。在寻求转化的过程中，看起来，她似乎在寻找一种方式来发展一种整合的身份计划，为她持续的能动性和学习寻找机会。这种探索为她尝试各种学习策略提供了巨大的激励。

在制定她的下一个奋斗目标时，伊娃借鉴了她对新的学习方式的第三种定义，即学习成为一个好人，一个拥有同情心和深刻的社会关系的人。伊娃的新项目是推广和表演巴洛克音乐。她来到以色列，高中毕业，服了两年的兵役，进入了音乐学院，她被巴洛克音乐所吸引：

> 这是一种运动，用创作音乐时所使用的乐器来诠释不同的音乐风格，所以，不是用我们今天所知道的小提琴来演奏巴赫和莫扎特的音乐，

而是用他们所知道的肠子弦(Gut String)和一种异形弓所制成的小提琴来演奏。当然,因为这里面有一些轻微的颠覆性的东西,一些不太主流的东西,因此这对我来说非常有吸引力。这就像,你知道,在我年轻的时候参加匈牙利方面的活动,嗯,所以我充分地参与其中,这种音乐运动在欧洲是非常发达的,但不幸的是在以色列并不是很流行。嗯,当我完成学业并且做了一年的自由职业——主要是在管弦乐队演奏以及做有关巴洛克音乐方面的工作和教学,我意识到如果我想成为一个巴洛克风格的音乐家,在以色列几乎不太可能,除非有办法,嗯,我想你可能会说职业选择,我决定要去别处看看,这其实也是想要证明,好吧,让我们,让我明白自己究竟有什么价值。

新的工作,在她看来像是一场“十字军东征”:

我想我有,你知道,我有我的“小十字军东征”。嗯,比如,就像我说的巴洛克音乐在以色列并不,嗯,不是,呃,被接受,不是,不是那么被喜欢,嗯,我,我努力了几年,如今回到以色列,你能看到已经发生了一些变化,嗯,我可以看到一点点地在变化,你知道,十年前的人会这样想,你知道,“好啦,别犯傻了,你说什么,巴洛克音乐?”嗯,如今他们会过来说,“哦,听起来还真的是很有趣。”那些,那些,你知道,老师,乐器老师,那些我还是学生时候就认识的乐器老师,嗯,我知道他们那时完全反对这整个,整个的想法,嗯,如今如果我做一个演讲,你知道,他们中的有些人也许会来听并且说,“实际上这还是非常有趣的。”你知道,他们会问,“我们能否听一节课?”等等,所以,已经和以前有所不同了,这是,这是很棒的。所以,我想这就是我现在的“小十字军东征”[笑],这根本不是一场社会运动,但是[笑],但这仍然是,你知道的,我可以通过行动来证明我的观点,你知道,证明我的立场。

在这些引述中我们可以看到,她是如何将早期的政治和学习倾向转化为她在 54

新移民环境中的生活——有一点颠覆性，有一些边缘化，"就像我年轻时参与匈牙利的活动一样"。在这个意义上，它成为一个持久的身份和生活项目的一部分。

这个项目的社会意义，就是与他人合作，教导和说服他们，这是这场"十字军东征"的核心部分。这种不断增长的关联性和连通性对她有极大的吸引力。

> 就我个人而言，我很，嗯，我很怀疑自己的能力，作为一个音乐家，嗯，是否能够真正达到我所想要达到的水平，嗯，所以我在这方面花费了大量精力，嗯，第二件事情是我发现这里的社会和以色列的社会非常不同。以色列，以色利的社会是非常地中海风格的，非常开放，嗯，非常健谈，非常爱交际的，嗯，在公共汽车上你经常会和陌生人说话，嗯，只是因为，因为你就是这么做了，因为有一件什么事情，然后，大家每一个人就会开始谈论它，然而在这里[伦敦]，你去乘地铁，所有的人都埋在报纸后面[笑]。事情并非如此，嗯，虽然我是这么认为，尤其是最近在伦敦发生的事件显示出相当，相当的团结精神，但是这只有在发生非常可怕，可怕的事情的情况下，嗯，嗯，所以我，我在第一年里交了一些朋友，嗯，这一年是熟悉情况和交朋友的一年，嗯，我在大学里和在工作中都交到了一些朋友，嗯，但是我发现这些友谊并不像我在以色列所习惯了的那么有意义，当然我现在明白了那是因为，是因为这些友谊是在不同阶段形成的，而不同阶段的友谊本身就是不同类型的友谊。嗯，我，我有真的非常棒的同事，还有非常慷慨的朋友，总是会照顾我，嗯，但是我在第一年却感觉很孤立，第一年，那是非常艰难的一年，但是也是非常令人兴奋的一年，从另一方面而言，因为，因为我想要知道，你知道，正像我说的，看一看我自己的价值，而我正好得到了证明自己的机遇和机会，嗯，所以，这是一件，这是一件很好的事情。嗯，在接下来，接下来的几年里，嗯，这些我最初建立的友谊，有些友谊保持下去并深化，当然也有一些朋友分道扬镳，嗯，但是那些留存并加深了的友谊，我心怀感激，因为，嗯，因为我认为，当你在那样一个年纪来到这里，友情是你所能依赖的最好的东西了，嗯，如果你没有朋友，你就会感到孤立无援，尤其是在这样的环境下，那可不是一

件好事情，嗯，所以我想现在我会说我那时候真的有一些非常非常亲密的好朋友，嗯，那真是非常幸运的，我认为这是非常非常幸运的。

正是在这一时期，伊娃开始她第一段长期的恋爱关系。

来到英国的第一年以后，至少有两年都是相当艰难的，然后我就开
始了第一段正式的恋爱关系，我想那真的带来了巨大的变化，这完全是
一个私人，私人的事情，谈恋爱可以在任何人之间、在任何地方发生，嗯， 55
但是，我想这对于我来说带来了巨大的变化，再也不是像以前那样我一
个人对抗整个世界了，嗯，而是成为一对伴侣的一部分，一部分，有一个
人你可以在晚上，和你分享心事，有一个人会以情侣的那种方式相互关
心，那对我来说是一种全新的体验，我非常，显然因为我的家庭历史，嗯，
我很，嗯，害怕，嗯，害怕失望，嗯，在恋爱的第一年我有一个绝对完美的
男朋友，我不能再，不能再幸运了，妈妈的悲剧没有同样发生在我身上，
嗯，我知道我不会重复，你知道，我妈妈在她的婚姻关系中的受害者的角
色，嗯，实际上我可以走完全不同，完全不同的一条路，我想那是我在这
里待了十年，十年的生活中非常，非常决定性的时刻，这段恋爱关系在三
年以后结束了。

逐步地，伊娃发展了自己的生活计划，自己的朋友圈，一个新的伴侣和一种不必独自对抗世界的感觉。她的生活计划为她从哪里来和她的归属提供了某种答案：

有趣的是，当人们问我，你是谁，你如何，嗯，你如何定义你自己的时候，我的答案通常是，我不知道，我不知道，因为我的母语、我所成长的文化以及我仍然坚持使用的是匈牙利语，嗯，虽然我并不是每天都用。我只跟我的母亲说匈牙利语，我读书的时候会用，如此而已。我不知道匈牙利发生了什么，我不了解匈牙利文学的发展，政治的发展，我对这些都

> 不感兴趣，嗯，我想我在某种程度上是以色列人，因为我的护照上写着我是以色列人，它就是这么说的[笑]。如果这是起决定性作用的话，那么在某种程度上我就是以色列人，因为，因为，嗯，我想我与人交往这方面，你知道，跟其他的以色列人很相似，所以我可以看到，我可以看到，嗯，我在想，正因为在某些方面我觉得我属于那里，我有很多好朋友，我几乎每年都回去，如果没有两次，那至少是每年一次，嗯，音乐上的原因是我试图，嗯，推进以色列的巴洛克音乐的发展，所以我会受邀去做一些讲座、教授一些课程、举办一些音乐会，等等，我希望能够起一些作用，所以也许这就是我继续我的[笑]，我的生活方式，让它能产生影响、与众不同，但是这是非常小，非常小的贡献，嗯，嗯，这是我的小爱好，嗯，嗯，当我去做这些事时，我感到非常强的归属感，我属于那个地方。

慢慢地，她发现她出身的背景不断模糊，一种新的身份认同开始出现。这让我想起玛丽·麦卡锡(Mary McCarthy)有关远离家乡的移民的一句名言——她发现她可以“逃离她自己的历史而成为她自己”(Sage，1994)。

> 一段时间过后，当你的背景不断消退，你现在是谁就变得更为重要，
> 56 嗯，你不再被看作是来自某个地方的某个人，你就是你，你现在做什么，你现在的社会交往，你跟谁结婚或者有一个孩子，等等，所以你跟人们交往得越深入，你的友谊就会变得越真实[咯咯笑]，那是，那是一件好事，是一件好事，我想一开始人们对我的印象是一个具有异国情调的外来人，我并不想成为人们眼中的有异国情调的外来者，我只是想成为一名优秀的小提琴家，这就是我想要的。

为了追求巴洛克音乐的事业，她搬到了伦敦，在回答她觉得自己拥有什么样的民族或国家身份的问题时，她的答案清晰地展现了这个成为某人的过程(the Process of Becoming)：

> 我很难定义，定义它，这并不是，今天不是我第一次面对这样的问题，而我对此完全不知道如何回答。我不知道，现在我不知道，如果你，这很有趣，如果你十年前问我这个问题，我会给你一个非常明确的答案，如果你十年前问我这个问题，它的答案也会非常非常确定。一个生在罗马尼亚的匈牙利人[咯咯笑]，就这样。十年后，答案可能是我是犹太人[笑]。匈牙利血统的以色列犹太人，嗯，现在就完全不同了，完全不同。所以[笑]答案是不同的，这个问题的答案伴随着生命的进程而不断演化和变更[停顿]。有一件事情我是非常确定的，就是我不是也永远不是英国人，那是，那是，非常清楚的，因为我觉得你必须，你真的需要要么出生在这里或者归属于这种文化或出身，嗯，要么从很小的时候就在这里生活长大，嗯，拥有代表这里的文化，我并不是说英格兰或威尔士或者苏格兰文化，我真正指的是不列颠或印第安，嗯，英国文化，嗯，而这不是我能够拥有的，所以我认为我不是英国人，这是我非常确定的事[笑]。

尽管伊娃很清楚自己不会成为英国人，但是她已经是伦敦著名的主要的音乐剧表演家之一，并且如今还有一个稳定的男朋友。慢慢地，她意识到虽然她发展了自己的事业和身份认同，她的背景仍然产生着重要的影响：

> 有趣的是，嗯，当然每个人的情况会各有不同，我们总是会跟一些人相处得更好，而跟另一些人没那么好，嗯，但有趣的是我的男朋友是一个学者[笑]，也是个在类似环境中长大的人，所以，嗯，他喜欢研究人，因为他的父亲是个精神分析学家，所以他也倾向于分析人的处境，嗯，这是我们之间的一个很大的联结，因为我们，我们两个，都是如此，嗯，他也是，就是善于思考，这再一次，证明，无论你多么想要打破常规、摆脱条条框框[笑]，有些事情你就是会不断地坚持、不停地去做，因为那就是你被教导长大的方式，这说明了你从哪里来。

在她的一生中，伊娃从她的社交网络和社会关系中学习。她一直将那些对她 57

定义自己的身份角色产生重要影响的人称为“北极星人物”(Polestar Figures)：老师是“我崇拜的偶像，是非常聪明的人”，“现在住在以色列的非常好的朋友，我们是在罗马尼亚的一个班级里一起长大的”以及她最喜欢的小提琴老师。

> 我的一位老师，她教给了我，我所知道的一切，不仅是小提琴，还有，它实际上是，如何去表达你的感受，我以前从来不认为这是小提琴演奏的一部分。我认为是演奏，演奏是，你知道，需要克服困难，你知道，因为演奏有技术难度，你必须找到那个音调，然后你要滑动，然后你要，你知道，运弓的方法是很难的，你知道，克服了困难就会取得成功，这样的演奏就是一个技巧性的克服困难的过程，实际上并不是寻找乐曲意义和为什么，嗯，你知道，为什么作曲家用这种特定的方式来表达这个音乐而不是用其他方式。我的老师教给了我这些，这也是我在以色列所学到的，这是最大的不同之一，而这些所学的东西给现在的我带来了巨大的影响。
>
> 访谈者：以什么方式带来了不同？
>
> 伊　娃：我想这让我能够，能够在某种程度上表达内在的，内在的声音，并且让我感受到我不仅可以通过语言来表达感受，还可以通过，通过音乐来表达。嗯，那是，那是一种非常新奇，新奇的体验。
>
> 访谈者：你意识到这种变化是从什么时候开始的呢？我的意思是，有没有什么关键的事件？
>
> 伊　娃：没有。我没有意识到，我的意思是，这种变化一定是发生在我读高中和大学的阶段，但是当我发现我真正喜欢的实际上是巴洛克音乐以后，这种感受就越来越强烈。嗯，因为巴洛克音乐真的是属于我的音乐，我，我，嗯，我，嗯，我与它的联系远远超过了竞争激烈的主流音乐的制作。嗯，当然，我也越来越意识到要有更多音乐表达能力的需要。

这段话显示了伊娃是如何了解她自己的计划的，一个能够表达她内心声音的计划，同时也是一个以一种持久的方式与她过去的愿望相联系的计划。在以如此实质性的方式来表达内心声音的过程中，伊娃在不断地挖掘丰富的创造力的源泉。正如契克森米哈(Csíkszentmihályi)所说的涌动(Flow)，就是一种永恒的表达和不断的学习(Csíkszentmihályi，1991)。

契克森米哈和比蒂(Beattie)指出我们生活的主题是由可以追溯到童年的原始的心理压力所组成的。他们说生活的主题"是由一个或一系列人们试图优先解决的问题和他们找到的解决问题的方案所组成的"(Csíkszentmihályi 和 Beattie，1979：48)。

他指出，"一个人的职业生涯的选择往往与解决核心的存在性问题的选择方 58
法相对应"(Csíkszentmihályi 和 Beattie，1979：50)。我想，我们可以从伊娃把巴洛克音乐作为自己职业的选择中看出这一点。在他们的生活史研究中，契克森米哈和比蒂发现：

> 实际上，在从专业人员处获得的诊疗方案中，都会出现相同的模式。孩子或者年轻人面临着威胁他们精神生存的严重的压力和问题。在某个节点上，他会意识到困扰他的是一个更普遍的人类问题的一部分。这种认识或觉悟通常会非常戏剧性地突然发生。一旦个人存在性的问题和更广泛的问题建立起联系，解决问题的方法就会出现。这个人就会找到适合他一生的工作。
>
> (Csíkszentmihályi 和 Beattie，1979：57)

在伊娃的案例中，这样做的结果是，不仅建立了自己的生活计划，也建立了一种创造性生活和工作的模式。

个体创造和社会关系之间的联系是伊娃关于如何学习的新兴定义的核心。在接下来的访谈中，我们可以看到她是如何从寻找个人的解决方案和计划("她自己的小小的藏身之处")转变为对人类需求的更透彻的理解的：

访谈者：好的。你会说现在你生活中有一些事情或事件是你正为之学习的，从中学习的，或者通过它学习的吗？

伊　娃：当然，绝对是的。嗯，它们大多与，嗯，是的，我的意思是，有些是同我的工作相关的，嗯，我的工作是一个变化多样的工作，嗯，因为我不是在相同的，嗯，不是总是与相同的人一起工作，作为一个自由职业的音乐家，我时常改变自己的工作环境，事实上每两周或每隔几天，而且，嗯，我总是，要不断地学习如何在新环境中工作，什么是我做得很好的，什么是我不太擅长的，当我碰到，嗯，跟我不太熟悉的人一起共事时，我会有压力，嗯，所以，这绝对是一个要不断、持续学习的过程。还有，另一件事就是，嗯，我确实从，呃，从我的教学中学习，嗯，因为当你教的时候你会很快地学很多东西［笑］，你是谁，为什么你要做这件事，你如何做事，你试图找到解决办法，你向学生学习，你学习，嗯，就好像一面镜子，嗯，你说什么，它就会有一定的回应，然后你马上就知道你哪里错了，因为它并没有引起你想要的回应。嗯，所以这是一个非常直接的，非常，嗯，面对面的学习过程，特别是教学，教授音乐，教授小提琴，就像我所做的，所以，所以这就是从教学中学习。然后，第三件事情就是，嗯，我当然还从
59 我的亲密关系中学习，向我的伴侣学习，我的男朋友，嗯，因为这同样是，嗯，你在特定情况下的反应是非常直接的，然后你立马就会想，“哦，亲爱的，好吧，我不应该做什么或者我本应该做什么”，等等，等等，等等，因此，这也是一种非常个人，一种非常个人的学习过程。所以，我认为在我生命的这个阶段，所有的事情都是同，也许是我所说的第三个方面是紧密相连的，即对个人的考问，我是如何思考和处理，或我认为我应该如何处理与世界、与工作和我个人生活以及其他事物的关系的。

访谈者：但是，是否有那么一个转折点，使得学习从一种用不同方式

来学习转变为依靠一种更个人化的方式来学习呢?

伊　娃:是的,我想是有的。我认为,嗯,我认为获取知识在我生活的第一阶段对我而言是非常重要的,我,基本上直到我来到这里,直到我来到英国,嗯,因为我认为这是非常重要的事。这是,这是,嗯,一个社会问题,同感知到的成功相联系,同我自己认为应该取得生活成功的信念相关,我想,好吧,如果我积累大量的知识,嗯,你知道,从我所做的、所读的或我如何做事等这些方面积累知识,嗯,那么,就能确保,嗯,一个特定的结果,我将会成为一个成功的专业人士或一个成功人士,然后大概很久以后,我20岁以后,一定是在20岁以后,可能是25岁左右,我明白了实际上我能成为什么样的人,50%的因素取决于游戏规则,如果你是一个混蛋,那么你做事做得再漂亮也无济于事,所以[笑],不,不太好,特别是在英国,嗯,我不得不说在以色列完全是不同的方式,嗯,工作生活,尤其在我工作的音乐领域,因为,嗯,在英国成为一个音乐团队的一部分被看作是必不可少的,而要成为管弦乐队的一分子就意味着要把自己融入,嗯,更大的创作之中,服务于整个管弦乐队所创造的更好的音乐,而非突出自己,也不是成为一个个体,嗯,而在以色列我认为管弦乐队更,嗯,嗯,乐队里的每个人都想要留下他们的印记,当然,在这个过程中,这些乐团也都在创造非常好的音乐,但是,是以一种非常不同的方式,通过把每个人自己、每个人的自我渗透在音乐创作的过程中,而非取消个体的方式。嗯,嗯,不管你是善于交际,嗯,你知道,还是有点傻帽,嗯,并不意味着太多,嗯,在以色列,作为一个演奏者,作为音乐家,你厉害不厉害和强不强更为重要,但是在这里,在这里工作了十年后,我可以说,你要在这个行业里取得成功,有50%的因素,嗯,超过50%的因素取决于你是谁,还有你和其他人的 60

> 关系，和你一起工作是很愉快还是不愉快，当然，你必须专业上很过硬，除此之外你还必须是一个很好的团队成员、队友，嗯，这绝对是一个非常陡峭的学习曲线[咯咯笑]。

在访谈结束时，我对伊娃的描述做了一些实地记录，捕捉到了我们认为非常重要的生活史的主题。契克森米哈说我们希望人们在文化中接触不同的认知模式，而这些不同的模式会影响他们发展自己的生活主题（Csíkszentmihályi，1991）。

像伊娃这样的专业人士在获取文化中的认知模型方面具有相当大的优势。尽管伊娃的家庭生活处于不利地位，且功能失调，但她早年在音乐方面的专长为她寻找生活主题提供了重要的社会和物质的"支架"。在她的音乐学校和大学学院中，她可以接触到一系列的榜样人物或"北极星人物"，要么是她的老师（通常是偶像），要么是她的同龄人（她的同龄人中有一系列重要的"好朋友"）。

她作为一个巴洛克音乐家的新的自我意识，以及她对完整身份计划的探索，都应该在当时的社会情境下进行解读。正如马克思所说，"人创造自己的历史，但不是在自己选择的环境中"。在这里，我们看到一个女人在以一种创造性、反思性和充满同理心的方式创造她自己的历史。社会情境虽然异常不利且功能失调，但仍然为其追求生活主题提供了重要的支撑。学习方式、身份和能动性的定义必须被理解为个体自我和嵌入的社会情境之间的协作。成为某人的过程就是在一个具有归属或超越潜力的社会情境下完成的。

这类生活故事的关键特征之一是，它们在某种意义上为人们在生活中所做的事情提供了一种"主导性的声音"（Commanding Voice）。我访谈过的一位艺术家甚至说，"我感觉被自己的创造力禁锢了，与现实世界相隔绝"。当然，这样的生活故事讲述者确实花了大量时间生活在"叙事"之中，并准备为他们生活叙事的持续的产出作出巨大的牺牲。

因为，在某种程度上，一个详尽的叙事提供了一个具有刺激性和提升生活品质的生活主题，但是与所有的事情一样，它也有缺点，一个包罗万象的生活主题可能带来专制或作茧自缚的生活体验。

这一描述指出了叙事的复杂性——它兼具独特性和可概括的特征。这是一个详尽的生活史的描述，有助于理解在第二部分中解释的详细阐述（Elaborated Narratives）的定义。结合对各种项目访谈记录的分析，以及随后一系列描述类型的开发，接下来的四章试图定义研究中已经证明的主要的叙事类型。在最后几章中，我们将对这些叙事风格的意义进行评价和分析。

第二部分
叙事性的多种形式

第六章　研究故事脉络

在前面几章，我们看到研究人们的生活故事，可以让我们理解不同风格的叙事——即讲述、活出和呈现我们生活故事的不同方式。我们补充了重要的说明，指出生活故事本身作为一种体裁，在特定的历史时期和文化环境中也是特定的。我们说过，关注生活故事，可能会让我们检视人们对生活经历和不断变化的环境做出不同反应的策略。因此，故事种类可能是个人对情境反应的复杂的 DNA 的一部分。如果这是真的，那我们的生活故事就不仅仅只是一个故事——它可能包括涉及我们如何行动和生活的一系列关键线索。它可能有助于我们理解个人风格、宗教信仰、政治立场、社团忠诚以及家庭规划等方面的差异。如此，生活故事，是使我们成为人的关键要素，并且相应地，是决定我们成为哪种人的关键要素。

我们的生活故事为我们提供了一批叙事资本：即叙事资源的宝库，我们不仅可以用它来叙述，而且可以灵活地对构成我们生活的转变和关键事件做出反应，使我们能够主动地发展行动路线和学习策略。

的确，尽管你可以说给生活故事分类和对其加以区别是一个太大的任务——难道不是有多少人就有多少故事么？我们的故事必定是独一无二和特别的，因此远远超出任何系统的理解。对此问题的回答既是“是”，也要响亮地说“不”。没错，我们每个人和我们的每个故事是独特的——正如从身体的角度来说，我们每个人都有一个独特的 DNA。但是，不仅我们的身体构成可以划分为可识别的类型，我们的生活故事也可以归入可识别的类型。

克里斯多夫·布克在他的研究故事的权威著作中明确提出这一观点，他认为实际上只有很小数量的基本的故事脉络或情节——他说在我们的生活故事建构中，只有“七种基本情节”。他举例说明这些基本情节涵盖不同的文化环境和不同的历史时期。对他来说，它们代表不受时间限制的原型，为文化和个人层面的细节提供基本情节线索。我们的生活故事远非千差万别，而是集中在少数几个“原型情节”(Archetypical Plots)之中(Booker, 2006)。

64 在访谈了剧作家亚瑟·米勒(Arthur Miller)之后，我首次开始思考叙事类型(Narrative Character)的根本差异。米勒那时积极地参与了东安格利亚大学的亚瑟·米勒美国研究中心(Arthur Miller Centre for American Studies)的工作，而我从 1996 年到 2004 年也在那里担任教授。他的多数戏剧作品都有很深的叙事强度，因此当他谈到老年的话题时，就涉及了对生活故事的深刻的理解。在回答“在你八十多岁时会是什么样子”的问题时，他的回答简明扼要，我只能凭记忆来引用(访谈没有被记录下来)：

亚瑟·米勒：我认为我们这代的很多人有许多相似的经历——他们白天花很长时间看电视，还有很多时间用来打瞌睡……

访谈者：那么您呢？

亚瑟·米勒：[长停顿]我打算很早就起床，而且不停地继续思考和写作。我会休息一下和我妻子共进午餐……然后我返回工作，一直到傍晚。

访谈者：所以，您和您那一代的很多人非常不同？

亚瑟·米勒：我猜是这样。

访谈者：您为什么那样想？

亚瑟·米勒：[长停顿]嗯，你知道我想是因为……因为……我这样一种人，会伴随着我的故事的发展不断在成为某人的过程中……

米勒的这段对话对我来说是如此富有创造力，因为它准确地指出了叙事结构和个人取向的多样性或差异性的重要性。他那一代人的老年生活经历，绝大多数都遵循着传统的老年生活的故事脚本——部分是白天看电视和坐在舒适的扶手椅上——但是，因为他的“叙事性生成”(Narrative Becoming)的历史，米勒的经历则完全不同。当然，这些不同包含一系列超越叙事活动的其他因素——健康显然是一个明显因素——但是这些差异指向的是：叙事轨迹和生成的习惯（Habit of Becomingness）如何支持一种截然不同的老年经历。

我的母亲是一位极具启发性的“生成模式”（Model of Becomingness）的典范，关于这种特殊的叙事轨迹，我无疑从她那里学到很多。让人悲伤的是，她刚刚在自己104岁时驾鹤西去，而她告诉我的许多故事在我写这本书时都再次浮现出来。有一个特别的故事为米勒的观点提供了例子。自从她在75岁失去我父亲后，她就开始写诗，而我意识到，这就是她倾向于界定自己的方式。她视自己为诗人。这是她牢牢持守的形象，源于她作为一名聪慧女性却不得不早早离开学校去工厂工作所遭受的挫败感。

她老年生活憧憬的问题在于她写的诗歌属于相当基本的类型：诸如“猫坐在
垫子上”的类型，这点不得不承认。在她99岁生日过后，这个问题达到了极致。 65
她那时打电话给我，告诉我事情进展的情况。我能够很清楚地回忆起那次对话：

> 我的儿，我过了个非常有趣的周末。我打算到托基（Torquay）参加一个诗歌聚会。他们那里住着一个诗人，他们打算聚会，分享自己的诗歌，我打算去看看。

周末，我到德文郡（Devon）去看望我的妈妈并且问道：“诗歌周末进行得怎么样？”她说道：

> 不好，我儿。不好。他们都献了自己的诗——非常精心创作的诗——各种各样复杂但又不怎么押韵的东西。然后我献出了自己的诗，最后是糟糕的沉默。没有人说点什么。之后你都不会信，他们邀请所有人参加下一次的诗歌讨论会，但是没有提到我。

这个结果的确让我担忧如何缓冲此事对她的认同感和愿望的打击。我决定直接面对这个问题，这可能是最好的办法。于是我说：“妈妈，我觉得很有可能你不会成为一个诗人。”我半开玩笑半认真地说，以便她从哪个方向都可以理解。她悲伤地看着我，很长的停顿后，伴着伤感和遗憾说，“是的，你可能是对的。”此时，我意识到我99岁的妈妈恰恰处于渴望和成为某人的过程中，而她的叙事正是米勒举例说明的类型。她依然在创作她的诗歌并且在快到生命尽头的时候公开演绎那些诗歌，甚至到104岁还积极追求以诗歌为职业的愿望。诗歌仅仅是理解我妈妈身份计划问题的一部分。我相信她在积极地建构自己的叙事，并且即便因为这样的叙事有问题，它依然给我妈妈提供强大的生命力，支持愿望的力量，而在这样的阶段，别人，如米勒所言，正安坐在舒适的椅子上观看白天播放的电视节目。

米勒的访谈不仅呼应了让·保罗·萨特(Jean Paul Sartre)对自我的沉思，更呼应了西蒙娜·德·波伏娃(Simone de Beauvoir)《老年》(*Old Age*)一书中的精彩的研究。书的开头极富意义地写道：“一个人并不是生来就是女人，而是成为一个女人，”并且她坚持认为“生活由超越自我组成”(de Beauvoir, 1972)。

看起来有些人确实是被驱使着去超越他们与生俱来的剧本，而且在米勒所无法达到的“成为某人的过程中”，人们通过叙事建构来发展独特的自我意识。简·米勒(Jane Miler)在她的新书《疯狂的时代》(*Crazy Age*)中向我们呈现了许多叙事建构过程的片段。她非常不情愿地论述道，在她的经历中，这本书正是关于她的老年经历的：

> 我们的内心似乎有一种与生俱来的意志，指引着我们，凝神聚气，让我们走上一条与周围人截然不同的道路。
>
> (Miller, 2010: 192)

66 海伦·斯莫尔(Helen Small)谈到人们的叙事能力是如何随着年龄增长而衰退的。我们所看到的惯常的老年，可能如同器官的衰退一样，也是叙事的衰退。这可能能够帮助我们理解德·波伏娃和亚瑟·米勒的观点。正如斯莫尔在《漫长的一生》(*The Long Life*)中所言：“对于叙事我们必须谨慎，否则我们会发现自己被不断到来的编年事纪所淹没。”(Small, 2007: 112)

在老年时代，叙事能力的变化与人类存在的其他变量一样广泛而全面；在老年时代，能力和资源的不均实际上有所加剧。叙事能力肯定会随着年龄的增长而衰退，斯莫尔认为这对某些人而言可能是一种良性的发展，但对另一些人则不然：

> 如果出现严重的能力损失，我们可能会倾向于完全放弃叙事视角。就是说，我们会发现保持个人能力以塑造各自生活会更好。不去强调叙事，只是微弱地保留它，把它当作虚线来呈现正在进行的生活的事实。在不那么极端的案例中，我们可能会给人们的感受留下相当大的变化空间，让他们去感受，叙事视角是否是一种积极的资源，能够帮助他们从有意义的连续性和形式完整性的角度来思考自己或他人的生活；又或者在经过某个点后叙事视角会变得具有压迫性——这促使我们在以下方面有所改善，即不让叙事视角在我们的思考中占据突出的地位。
>
> (Small, 2007: 104－105)

当然，法兰克·可莫德(Frank Kermode)把生命晚期阶段的叙事看作是一种对“可理解的结局的探寻”。

与此同时，麦金泰(Macintyre)也把“叙事的统一”看作是意义探寻的最后阶段：

> 生活的统一性是叙事探寻的统一性。探寻有时会失败、受挫、被抛弃或烟消云散；人的生活也可能在这些状态中失败。然而，作为一个整体，衡量人生成败的唯一标准，是已叙述的或待叙述的探寻的成败标准。
>
> (Macintyre, 1981: 218－219)

对于一些人来说，情况是如此，但对另一些人则不然。正如我同时代的人最近评论的那样，“当我对我的生活故事失去控制时”，“我感到我的身份认同处于彻底的自由坠落中”。就像其他许多差异一样，如果在身份计划和生活故事中有一些明显的差异，在老年时期特别突出，那么真实的情况是，在生命的更早期阶段我们就可以察觉出各种类型的叙事活动。

从更广泛的意义上说，生活故事可以分为几个主要类型。从 20 世纪 80 年代我开始研究起，我就清楚地认识到，生活故事的范围很广泛。生活故事中有很大一部分是“描述性的”，通常是按时间顺序对发生在某人身上的事情进行事实性的、回顾性的描述。在一系列访谈中，人们通常会重复类似的片段，或添加对其他
67 片段的新描述。但是，只是对故事进行描述，而几乎不分析，并且在叙事的过程中，反思和再评价也很少发生。似乎很少有关于生活事件的持续的“内心对话”——事情发生了，而这些事情被描述了出来。有一种本质上的、自我满足的感觉，“这就是我所做的，这就是我”——“我是一个农民，我到死也是个农民，这就我所做的”。于是，一个社会性建构的脚本为生活故事提供了最为重要的基调。

在生活故事范围的另一端，是包含大量实验和自我建构的生活故事。在这里，脚本看起来是由故事叙述者“密集加工”的，我称之为“详细阐述”。这一点在人们阐述和理论化他们生活的各个方面的访谈中可以清楚地看到。这类生活故事看起来更像是“在制品”(a Work in Process)，叙事者在叙述他们故事的过程中，访谈者能够看到故事和事件被“加工”、分析和反思，并且有时会在整个生活故事中重新定位。在这里，我们感觉到有一种持续的“内在对话”在发生，我们常常能在工作中在人们讲述生活故事时看到这种对话。我们渐渐地把这一组别的叙事者称为生活故事的理论化者，或者更宽泛地说，是“详细阐述者”(Eloborators)。因此，辨别生活故事类别的初始范围相当简单(如同两极的布局)。它覆盖了从描述到详细阐述作为生活故事发展的种类(见图 6.1)。

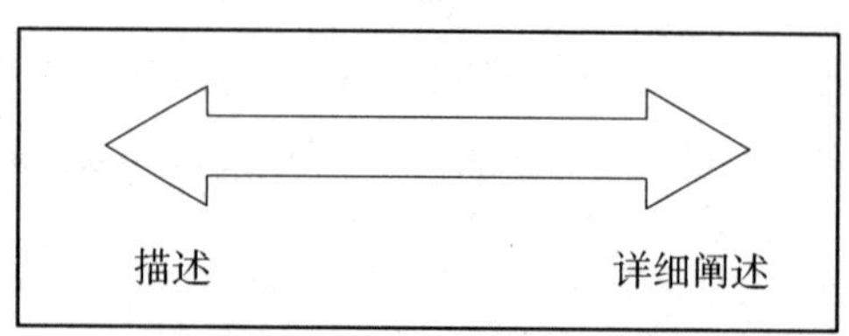

图 6.1　生活故事的发展

这当然是分析我们生活故事的最简单的起点，但是它反映了在我的研究开始时，我渐渐地理解了生活故事如何在其呈现的基本方式上是不同的。识别出从脚本型描述者到详细阐述者的工作，来源于对在职专业人员的研究。在前面提到的

斯宾塞研究项目中，我们可以观察到一些教师是如何非常顺从地遵循新的政府指导方针的——如果你愿意的话，也可以说是新脚本；而另一些教师——通常被判断为极具创造性的教师——发现那些脚本对于他们自己阐述的专业认同而言并不友好。这些回应的关键差异，让我们重新去分析决然不同的生活故事和叙事类型是如何导致对专业新脚本的明显不同回应的。

以这种方式开始，我们开始发展了一系列研究生活故事的策略，以便理解它们的基本差别，然后我们将其用于“学习生活”项目以及后来的其他项目。

把我们的生活故事赋予特征的一个策略是运用我所命名的一个概念：“叙事强度”（Narrative Intensity）。在我们早期对人们做关于生活故事的访谈时，我们鼓励他们讲述他们的故事，并尽可能地不受访谈者的干预。在某个层面上，我们想要研究他们的叙事强度——他们已经做过的叙事的程度。总体上，描述性生活故事的讲述者讲述的时段较短、强度较低，而且需要更多的访谈提示。

描述性较强的生活故事通常只包含几句话，然后就得有访谈提示了。例如约 68
翰·皮尔（John Peel）只是在相对较短的时间段讲述，并且在访谈休息时抱怨他并不真正理解这个“虚假对话”的规则。详细阐述的生活故事讲述者会讲很长的时间——在一个案例中有人不停歇地讲了 44 页的篇幅。

但是，叙事强度总是与详细阐述的方式对等。而且，详细阐述本身不是有效反思的保证。这方面的主要因素被证明不是叙事活动的强度，而是个人的阐述或描述与“行动步骤”的发展之间的联系程度。

作为一个叙事活动范围的例子，我们从下面的图表中看到在“学习生活”项目
中布莱顿（Brighton）的 25 位生活故事讲述者开始聚集成不同的组别。我们把生 69
活故事的描述者放在左边，把生活故事的详细阐述者放在右边；然后，叙事强度的范围就伴随着生活故事中“行动步骤”或“行动焦点”的发展绘制出来了。

有趣的是，这种集群模式在另一个研究项目中复现了；该研究试图基于个人行动和能动性模式绘制出知识与学习的图景。由此生成图 6.3 中呈现的格局（原始的人名已由字母替代）。

这两种集群模式都指出了同一个问题：叙事活动和知识并不是一致地和能动性及行动相关。这其中的意义是重大的，并且质疑了叙事活动层次是遵循马斯洛

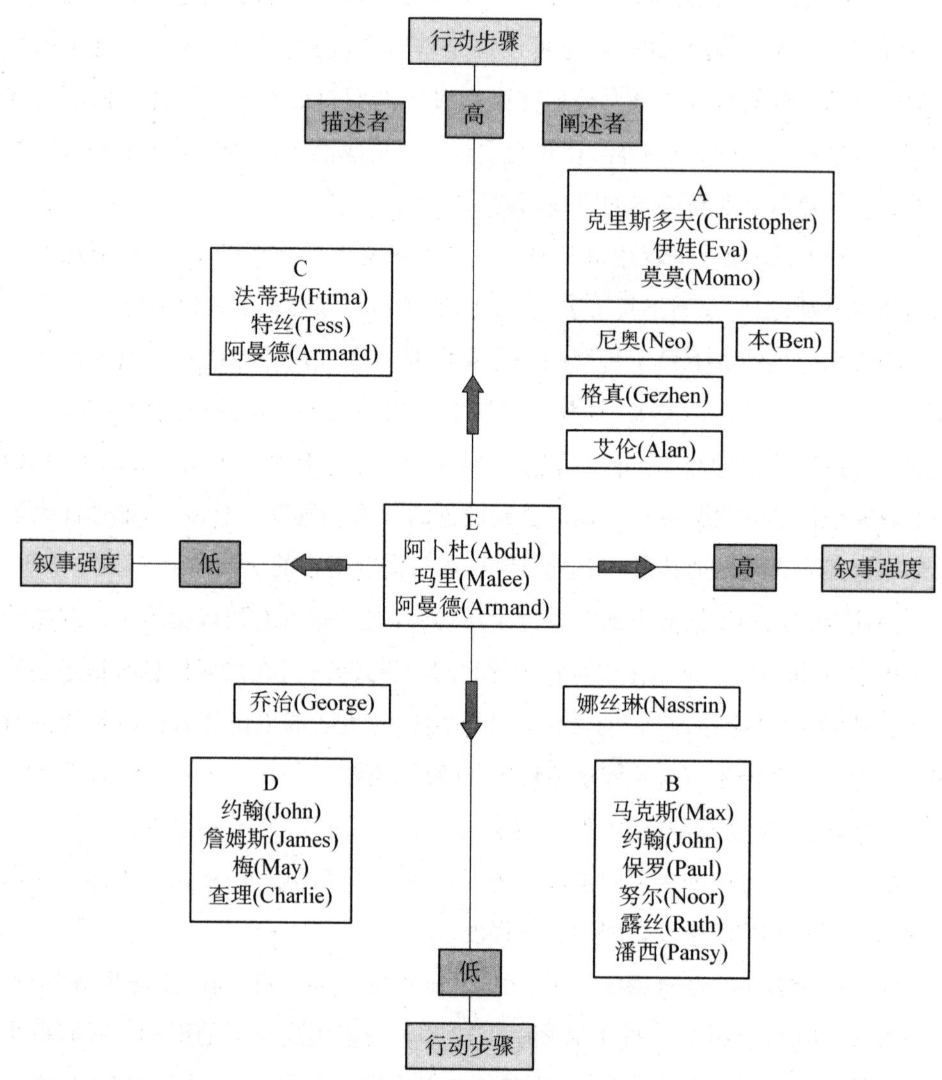

图 6.2　行动步骤的发展

曾经提出的“需求层次”理论的线索而出现的。

因此，任何简单的结论，比如存在一个从较低端的描述到较高端的详细阐述的范围的观点，都要受到质疑。叙事活动的表征，要比任何线性范围所能描述的都要复杂得多。

众所周知，马斯洛的需求层次理论区分了他所谓的“低级需求”和“高级需

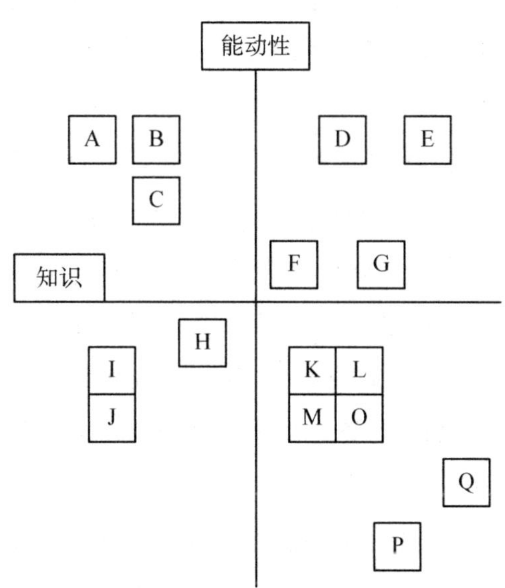

图 6.3 叙事活动、能动性和知识

求”。他论述生理需求是最为强烈和最具潜能的——对食物、水和性的需求是基本的生理需求。他声称生理需求“比安全需求强烈，安全需求比爱的需求强烈，爱的需求又比尊重需求强烈，而尊重需求又比个体需求即我们所谓的自我实现的需求强烈”(Maslow，1954：57)。

在一个类似的二元模型中，巴兹尔·伯恩斯坦(Basil Bernstein)认为人类的语言编码遵循一个从限制型编码到精致型编码的范围。限制型编码是地方性的、去情境性的和具体的。精致型编码则更加的理论化、抽象和情境化，并且提供了获
取广泛理解的通道。它被广泛地理解为一种能力等级层次，尽管伯恩斯坦反对这 70
样的诠释。

然而，伯恩斯坦在他后期的著作中确实对精致型语言编码能力进行了评论，认为精致型语言编码不仅能发展关于生活的理论构想，而且相较限制型语言编码而言，精致型语言编码能以一种更基本的方式打开我们的思路。他指出：“精致型语言编码是思考那些不能思考的、不可能的一切的媒介，因为它们所产生的意义超越了局部的空间、时间、环境，是内嵌的，并且将那些意义与超验的空间、时间和环境联系起来。”(Bernstein，in Richardson，1986：209)

我们对叙事活动的分析导致关于脚本型描述和详细阐述的更加复杂的模式，特别是就围绕能动性和行动步骤描述的议题而言。诚然，存在着一个从脚本型的描述者到更加个性化的详细阐述者的叙事范围。但这并不意味着我们能够沿着这些线索发展出叙事活动的层级结构。这是因为，如果我们打算理解叙事活动的复杂的社会意义，就必须将其与身份认同、学习和能动性联系起来。

我们绘制的叙事活动图景表明，那些遵循较强描述性模式的人，相比那些在叙事活动方面有更详细描述的人而言，在各自的学习和身份计划中，可以具有同样的能动性和目的性。两种模式都有行动潜能、身份潜能和学习潜能，并且正是通过对那些潜能的分析，而不是通过把叙事赋予描述性或详细阐述性的特征，我们才开始理解叙事的那些复杂的社会意义。

通过沿着从描述到详细阐述的范围审视故事脉络，我们仅仅处在考察的起始阶段。二元命题并未导致对层级结构的定义，而是带来对于复杂性的理解。例如，马斯洛对需求的分析，导致了一个清晰的需求层次结构。伯恩斯坦针对层级概念提出警告，但是许多对于限制型编码和精致型编码的解释都采用了。从描述到详细阐述的叙事活动范围并不是这样的层级模型。

这是因为，叙事之所以需要被考察，不仅出于文本的复杂性乃至文学的复杂性，而且出于叙事在人类行动和活动世界中的潜能。一旦我们考察叙事的学习潜能、行动潜能和身份潜能，一个更加复杂的图景就会浮现。描述或详细阐述的能力，需要与描绘物质世界中的行动步骤的能力具体联系起来，在这个复杂的谜题之中，我们可以发现学习和发展我们的身份计划的相关性。

审视故事的脉络，我们不会，也不应该从这样的一个假设开始，即我们叙述自己生活的能力是人类能动性、学习或追求幸福与康乐的关键。它也不应从这样的假设开始，即我们都是以系统和持续的方式来叙述我们的生活的。正如我们在后面各章看到的，并不是所有的人都是熟练的叙事者，能够对自己的生活故事进行反思和打磨。对一些人而言，一个更为描述性的陈述，更为时断时续的故事脉络会出现；而对另一些人而言，故事脉络概念本身可能会夸大他们正在建构的陈述。因此，我们不仅要从文化和经济的角度，而且还要从每个人的叙事类型的角度，对
71 单一的叙事假设提出质疑。即便生活在强调以个人叙事形式为主导的英美文化

环境中，情况也是如此。

在第五章，我有意呈现了一个在发展的早期阶段的详细叙事画像。这样做有双重目的：一是呈现生活叙事访谈资料的结构和细节，二是揭示主题洞察力是如何以一种艰难而暂时的方式发展起来的。从这个叙事画像中，我们可以看到，对于我所说的叙事的"详细阐述"的本质的初步理解，是如何暂时出现的。

提供一个在发展过程中的详细的叙事画像，其重要性还有另一个原因。在后面关于叙事活动的章节中，我们使用了缩减版本的个人叙事来举例说明叙事活动的类型。通过提供伊娃的几乎完整的叙事画像，读者可以看到对于叙事类型的简约定义，是建立在何其丰富的背景资料的基础之上的。在这样一本试图对叙事类型进行总结分析的书中，人们会被多种呈现的潜在风格所吸引。在伊娃的叙事画像中，人们能看到生活史资料中丰富的结构和细节，然而贯穿始终的叙事主题可以被融入在叙事的个人魅力之中。在接下来的几章中，我选择了一种更简洁的表达方式，但是通过呈现一个完整的叙事画像，我希望能够展示出这些总结性的分析中有多少实质性的细节和资料。对于一系列叙事画像的开发，有助于我们形成和提炼在原始资料中所捕捉到的主题。

因此，叙事画像是原始访谈资料和后来的归纳性结论之间的过渡阶段。为给寻求更多叙事画像细节的读者提供资料，他们可以参阅多本早期的书，那些书包含后来的结论所基于的详细的叙事画像（特别是：一份来自斯宾塞项目的报告，Goodson 和 Hargreaves，2003；Goodson 等，2010）。来自这些项目的资料也存储在布莱顿教育研究中心的档案中。

后续谈到的叙事类型的来源档案由一系列不同类型的资源所构成。首先，有大量的原始资料来源，包括访谈记录和实地记录。这些资料的一些特征可以在伊娃的叙事画像中看到。也有更详细的对人的案例研究，包括研究的起源和目标、特征和轨迹的图表。有专门的分类和类别的图表，还有一些日记、日志、照片和文件。

通过使用来自广泛的研究背景的所有这些资料，当然也通过参与和不同研究团队人员的持续的对话与合作，我们慢慢地建立了一个不同叙事类型的图景。

在下面的章节中，我相当有意地试图超越叙事类型所基于的所有档案的细节。后续的四章以简要和概括的形式对这些研究中已经发现的叙事的主要类型进行概念化。从脚本型描述到个人详细阐述的原始二元形式出发，一个更加复杂的模式出现了。叙事的程度——是脚本型描述还是详细阐述，仅仅是辨别叙事类型矩阵的一个维度。同样重要的是已辨别的能动性的程度——描绘行动步骤的
72 能力是另一条主要轴线。于是我们看到了“脚本型描述者”（也是“多重型描述者”），我们也看到了“聚焦型阐述者”（也是我们所称的“空想型阐述者”）。

通过考察上述一系列研究项目中的生活叙事，我们使用了许多不同的考察焦点。首先，我们考察了“叙事强度”和叙事质量。正是在这里，脚本型叙事和详细阐述型叙事的最初的区别出现了。

作为一名研究者，当你通读访谈记录时，你会发现叙事类型上的差异变得非常明显。一些叙事非常的短且具有描述性，它们通常包含一个明确的社会角色，比如，农民、操持家务的丈夫或护士，并且把这些社会认可和提供的脚本，与某种忠诚联系起来。另一些人提供了明显包含大量个人叙事建构的叙事——通常讲述持续很长，不需要太多来自访谈者的提示。尽管社会中可靠的“脚本”在许多地方被使用，但详细阐述的叙事更像是一种“个人拼贴”（Personal Collage），煞费苦心地把符合个人个性和特质的叙事组合在一起。

在各种叙事中，我们开始看到学习、能动性和身份产生的不同潜能。因此，我们考察的第二条路线，就是我所说的“描绘行动步骤”的潜能。那么，在何种意义下，生活叙事为人们在世界上的活动提供了资源和确实的引导？我的感受是，对一些人而言，他们的叙事是一种“主导性的声音”；叙事不仅是他们呈现自己生活的方式，也是就他们如何生活做出工具性的、经济的、政治的和道德的关键决策的依据。换句话说，他们的生活叙事是他们在世界上行动方式的主要灵感来源，它指导并引领他们的行动。

在这里，叙事类型的种类、强度和质量，在描绘行动步骤方面提供了一系列的差别。在任何关于生活叙事潜能的考察中，恰恰是这一点让简单的二元模式坍塌了。因为，尽管描述性叙事在叙事强度和叙事质量方面似乎没有那么有效，但是，它们对于行动的功效，相比较详细阐述式的叙事而言，未必是截然不同的。在任何时候，最重要的都是个人问题，即叙事如何运用于生活和指导生活。

因此，对一些人来说，脚本具有封闭的、有些预先确定的和排他性的特性；对另一些人而言，脚本（复数形式）能够为生活的迁移和转化提供基础。这取决于叙事是如何使用的，对一些人而言，一个脚本可以为充满活力和变化的生活提供一个起点或关键环节，脚本可以以一种开放的方式来使用。

我们可以使用各种不同的考察焦点，来理解叙事是如何运用的。在我的工作中（部分是因机缘巧合有可靠的研究基金），我已经聚焦在学习问题上。这是一个考察叙事是如何被使用的关键点。在这一点上，封闭叙事和开放叙事的区别就显现出来了。正如我们在书中论述的，叙事学习“不仅仅是从叙事中学习，它同时也是在叙事行动和持续的生活故事的建构过程中不断进行的学习”（Goodson 等，2010：127）。

通过这种方式，生活叙事是一个学习的场所，在审视生活叙事时，我们可以开 73
始看到它们是如何被运用到人们的学习中，并与之相关的。然后，我们可以评估生活叙事是封闭的还是开放的。我把这个变量称为人的“叙事资本”——即人的一种能力，用以在描绘和促进叙事进程和进一步发展学习策略及技巧方面，部署和运用他们的叙事。

我们将在接下来的章节中看到，这些关于叙事质量的问题，行动步骤的描绘，以及学习策略和技能的发展，的确多多少少都指向开放或封闭的不同路径和轨迹。我们将论述，这些属性是理解生活事件和生活决定中“个人反应的 DNA”的关键部分。

在后面的章节里，我们将看到一个人的叙事资本是如何提供关键机制来应对变化和关键事件的，特别是在当代世界的高速变化而灵活多样的经济格局之中。

第七章　脚本型描述者

在第六章，我们发展出叙事类型种类的一个初始范围，覆盖了从描述的叙事形式到更加详细阐述的形式。但是，我们之前呈现过，人们在生活中会描绘各自的行动步骤和使用的学习策略，这些叙事形式需要与这一过程中人们如何变得具有能动性联系起来。在接下来的四章中，我们回顾了一系列研究项目中发现的四种主要叙事类型。

在过去10年中我们在研究中遇到的最为普遍的生活故事形式，是我所称的脚本型描述者(Scripted Describers)。正如我们之前看到的，所有的生活故事，都在一定程度上运用了文化背景中“已经存在的”脚本和故事脉络。当我们谈论那些自我塑造的男男女女以及自己创造自己的人时，如果他们不借助于现有的故事脉络，是几乎无法做到的。例如，约翰·勒·卡雷(John le Carré)在众多访谈中曾评论道，6岁失去母亲，父亲又不在身边，“由于没有人可以让我追随，我不得不创造我自己”。但是，这夸大了自我创造的能力——勒·卡雷的大部分生活仍然遵循着已经存在于文化之中的一套公认的故事脉络。正如我们之前看到的，许多政治家把自己当作“自我创造者”——奥巴马就是一长串名单中最近的一位。

在后面的章节中，我们将仔细考察更加个人化的故事脉络的集合。这种创造和详细阐述开启了一种独特的拼贴或拼图的构建方式。拼图的碎片可能来自现有文化中的故事脉络，但确实有一些新的碎片是被创造出来的。总的来说，由此所生成的拼图是在个体层面概念化和建构而成的。在这一章，我们聚焦于脚本型描述者的叙事。

梅和约翰：脚本型描述者

不同于在个人层面概念化和建构他们生活故事片段的那些人，在脚本型描述者那里，几乎没有这种建构或创造性活动。描述模式隐含着对已接受的和生活过的事物的某种被动陈述。通常，脚本被当成一种与生俱来的权利。在约翰(John)和梅(May)的例子中，我们可以看到在生活的早期，他们就接受了部分由他们的出身和背景所决定了的身份。在两个案例中，他们都没有在生活中试图超越既定的故事脚本。并且，两个案例中都没有太多证据表明有正在进行的内在对话，从而 75
能够对部分继承的故事脚本提供一些反思性的距离。实际上，约翰甚至对是否拥有自己的生活故事缺乏信心。这些只是发生在他身上的一些事情，而且直到他生命很晚的阶段，他才开始回顾性地思考他还可能以什么样的其他方式来生活。

梅·泰勒(May Taylor)在接受访谈时，年近30岁。考虑到最近大量关于旅游地点的新闻报道，这是她生活在英格兰南部的一个未被官方授权的旅游地的重要的因素。虽然她现在居住在“南方”，但她实际上出生在英格兰北部，并在那里度过了童年的成长岁月——尽管那是些流浪的年头，而且夏天通常在威尔士度过。

从她生命的早起开始，到小学毕业为止，她强烈地感到自己受到了屈辱，甚至是迫害，因为她是一个“吉普赛人”。她本人接受和表达了对吉普赛身份的强烈认同。她害怕，甚至“恐惧”在一个地方定居和住在一个房子里，她信奉自由的吉普赛信仰和大篷车上的生活。

约翰·皮尔(John Peel)接受访谈时已经年近80岁了。他出生并一直生活在英格兰南部靠近南海岸的一个小村庄。他来自佃农家庭——以个人“君子协定”为基础的租赁模式经营一片混合农场。他的父亲租了农舍，在他父亲1980年去世以后，他就继承了这份协议。约翰在项目结束的阶段去世，有三个儿子和一个女儿。其中一个儿子最终接手了农场。约翰至死一直不停地工作，并且在生命最后几周仍然帮助儿子管理农场，即便那时他已是癌症晚期。

我们通过使用“脚本型描述者”这个术语来标识特定的生活故事，我们强调的是不偏离原始故事脚本的生活故事，几乎是完全按照与生俱来的脚本。梅把自己看作“吉普赛女人”。约翰提及自己的父母，说道，“他们总是知道我会去务农，并且我也总是知道我会去务农”，提及自己的农耕生活，他认为：“这就是我该干的那类事。我的生活真的是在农村。回到农场，对我而言，那是真正的生活。”这是对生活的一种非常简洁的描述，这种生活始终在对生命早期所接受的故事脚本进行持续地认可，正如我们说的，这种脚本就像是拥有与生俱来的权利，像是宿命一样地被人们接纳。毫无疑问，这类叙事在世界各地都很常见，而且在西方世界以外更容易辨认，在西方世界，则更多地会出现个人化和个性化的图景。

通过对生活故事访谈的叙事强度的研究，可以证实描述的脚本性和详细阐述的缺失。约翰在为访谈者组合自己生活故事的过程中遇到了相当大的困难，并且抱怨面对一个陌生人按照时间顺序将生活故事组合起来是一种“虚假”的创造。他把这项任务解释为按时间顺序进行的，但最重要的是，考虑到他欣然接受农民角色时的宿命论的口吻，他从未超越过人生年表中 25 岁左右的自己。在某种意义上，在描述和复述自己故事的过程中，脚本已经固定，生活的角色重复着一个农
76 民生活的基本节奏和四季。后来唯一系统地提及的事件，是外来的事件终结了自己的农场生活。

通过让约翰用自己的方式讲述自己的生活，尤其是我们在早期访谈中使用的“沉默的誓言”，我们可以开始看到最初的故事脚本是如何影响他的整个生活的。生活故事包含早期叙事的终结，也就是说，如何生活和讲述生活的选择范围在早期是封闭的，这似乎符合约翰叙述他生活的方式以及他过日子的方式。

在梅的案例中，讲述生活故事的困难从她在访谈中提供的一个简短演绎中可以获得例证。这段简短的叙述似乎不仅反映了故事讲述者没有机会预演她的故事，也反映了她对于自己的生活故事进行持续的内在对话的缺失：

> 如我所说，我出生在[北方城市]，嗯，我在[城镇]生活过相当一段日子，呃，在一个小村庄叫[村庄]，并且，呃，生活在那里的一个大篷车区。我上过学，但是我只上过 6 年学，这是我所接受的全部的学校教育，因为，像，他们的日子，如果你去那个大学校，有很多毒品，以及类似的东西，流浪的人不喜欢学校那样的地方，他们不喜欢它，所以他们不愿意把

> 自己的孩子再送去中学，所以那就是我所接受的全部的学校教育……真的，从 4 岁到 11 岁，但是我看起来，一切都还好，我能读、写和做事，我不会被任何事情困住，嗯，或者试着去想，嗯[停顿]，让某人帮我，请原谅。

她把内在对话和外在对话的缺失归咎于她早期的经历：

> 被人欺负的经历总是挥之不去，这让我在与人相处时很胆小。这就是我为什么不能恰当讲话的原因[笑]。我不知道说些什么。

约翰和梅的案例似乎都说明，无论出于何种原因，忙碌的农活或不同的社会地位，他们两人都很少从事关于生活故事的叙事工作。故事讲得支离破碎，而且也没有出现关于生活意义和方向的主导叙事。生活是忙碌而艰辛的，内在的叙事活动通常不会在这种平淡无奇的环境中发生。在这样的工作和生活境况中，几乎没有时间进行内在反思。叙事或脚本在很早就被接受，而且几乎没有偏离地被遵循。在这个意义上，叙事的终结在很早就被接受了，而且即兴创作和变化也被封闭了。叙事与生活实际表现出来的和真正过的生活的方式相互作用，封闭了选择和改变命运的机会。

两个案例中的生活环境是稳定的。约翰 1927 年生于一个小农庄，并且在那里一直生活到 1995 年农庄不得不卖的时候。纵观将近 70 年的岁月，他说没有真正的理由去任何其他地方。正如他所说的，这是因为他对其他前景没有太大的好奇心："除了耕作和村庄，当我离开学校时，我没有意识到还有什么其他事情。只有务农是我想干的事[停顿]。是的，那就是我想到的所有东西……生活实际上就 77
是耕作。"梅以类似的方式学会接纳既定的故事脚本。

> 比如，一整天，比如，我们大清早得起来，比如，女孩们，比如，过流浪生活的女孩们得大清早起来，她们得，比如，替她们的母亲做饭和打扫，比如，清洗大篷车，比如，如果有年幼的弟弟妹妹，可显然我总是有妹妹，所以我通常会做饭、清扫、铺床、擦洗，这就是我们平时做的事情，比如，

这就是过流浪生活的年轻女孩该做的。你明白我的意思吗？这就是我们通常会做的事情。

这就是在流浪女孩的故事脚本中被熟记的刻意的社会化的模式。

访谈者：你喜欢那样吗？

梅：　　这让我们以某种方式学会应该要学的，打算要做的，比如，以便当我们有家庭时，我们知道如何做饭、打扫，所有事都将，比如，你知道我们能够做到，换句话说，男孩们将会追随父亲，并且学习父亲要做的事。你理解我的意思了吗？

尽管脚本可能是社会给予和个人接受的，而且内在叙事活动可能极少，这并不意味着缺乏激情、目的和动机。远不是如此。当脚本运行良好时，生活可能让人感觉是可接受的，或者，当然在约翰的案例中，也会让人感到非常满足。两个案例都有改善生活的策略。在梅的例子中，这被转移到她的下一代儿子辈身上。

我想让他们去上学，受教育，然后有一份好工作，比如，当一个医生。没有什么比我的儿子[孩子的名字]长大并成为一名医生更能让我高兴的事情了。换句话说，就像过正常的生活，就像，你知道。每周都有薪水，这是我希望我的两个儿子过的生活，而我们现在每天省吃俭用，到处节省。我认为吉普赛人的生活很糟糕。确实如此。我想是糟糕的……我觉得吉普赛人的生活没有多好。我想让我的儿子们有更好的生活。就比如，我们努力不那么一贫如洗，但却不得不过着一贫如洗的生活。

脚本型讲述并不意味着能动性或发展的缺失。约翰辛苦工作以拓展他的农场，并且不断寻找改善情况的方法：

改善农场、改善牲口，你知道，土地和牲口，人们生活的地方，以及事

> 情是如何变化的，现代化的机器，这些似乎看起来都是一个自然发展的过程，而且我们一直致力于改善，变得更好。在这个过程中，还有很多其他的事情，变革的时代，但是正是这种环境，预测了我们所做的事情，并且一直试图努力扩张，变得越来越大、越来越好。

脚本型讲述的缺点是它给个人的能动性和学习设限。学习往往是由继承的 78
故事脚本所引导的，因此往往在很大程度上是工具性的学习。梅的话回应了脚本型描述者的宿命论。她是一个吉普赛女人，并且她忠实于脚本，但她重复道："我认为吉普赛人的生活很糟糕。确实如此。我想是糟糕的……我觉得吉普赛人的生活没有多好。我想让我的儿子们有更好的生活。"

在某种意义上，约翰忍受了一个类似的命运，尽管他更加乐观地看待自己的职业选择。成长于20世纪30年代的乡村，农场的经营大多建立在紧密的社区信任和信誉关系的基础之上。生意通过"握手"而完成，而且君子协定是至关重要的。当这种社会安排都很到位时，约翰的故事脚本运作良好。他了解这个地方，社区也了解他，他也认识他们，决策都是在这个群体中做出的。但是，越来越多的农业，以日益增长的速度转变成市场经济。他是一位佃农，只要有君子协定，他就可以过得很好。但是在市场经济中，地主和他们的咄咄逼人且有时两面派的代理人，把利润和要价的底线往低推。在经历了一系列的挫折、口蹄疫和疯牛病的危机之后，约翰不得不卖掉和离开他心爱的农场。对他来说，最糟糕的是卖掉他精心照料的奶牛：

> 在卖奶牛那天之前，我们挤出时间和奶牛在一起，因为在卖牛那天，显然不能挤奶，因为你就要离开它们了，你知道，那天早上不能挤奶，但那天之前，我认为这让我觉得有点，嗯，我只是和奶牛站在一起，约摸是在早上，不能让别人进来。但我只是一个人，所以没有人看到我。但像我说的那样，恐怕这仍然让我觉得非常非常动感情。是的，是的，非常动感情。
>
> 尽管我帮忙准备出售，但在出售那天我一直都没出去[咳嗽]，我只是把这事交给了我的儿子。人们都来了，那些牛都在农场出售了，但是

> 我没有出去，我躲起来没有露面。

即便农舍和牛群都没有了，约翰还是继续工作，直到离 80 岁只差几天去世的时候。他最后的旅程是由他的妻子驾着路虎车带他环绕旧农场。他有六个孙子：“那时，我看不出孙子们想要继续务农，他们都看起来有别的念头。”

最后，我们想知道，约翰有没有想过其他的生活方式和其他讲述故事的方式？

> 我希望我回到过去能聪明些，嗯，如果我是年轻人，可能我会学习更多的东西，你知道，我只是活着去干农活，但是现在我想[停顿]，如果我有自己的时间，我认为我会努力和学习更多，关于科学，可能，它的分支学科，农业……我不是说现在我羡慕我孙女，我是说她为英国环境、食品和农村事务部(DEFRA)做研究，而且她到处跑……她只有 22 或 23 岁，已经拿到了自己的学位，并且在英国环境、食品和农村事务部获得一份工作，而且你知道，她从事牛犊方面的研究，所以她必须走遍各个农场，她必须在西部乡村找到这些农场，有人告诉她应该去参加苏格兰的一些研究工作……
> 79 她只有三到四天的时间……她必须带上她的论文，向他们解释她在西部农场那里所做的一切。然后她还要带着她的论文去西班牙。我很钦佩她，我，你知道，我希望我也有这样的头脑去做那样的事情。

在克里斯多夫·布克关于我们为什么要讲故事的研究中，他强调，在某种程度上我们都是依赖故事脚本的，但是对可用脚本的操作方式有所不同。

> 并不希望以任何方式贬损原创的故事讲述者的风格，如果在过去的几百页的篇幅中我们发现了一件事情的话，那就是即便是最伟大的人物所讲的故事，在某种程度上也不是他们自己的故事。他们的技巧在于他们能够找到故事的外衣，并且用它来装饰一个主题，这个主题不仅潜伏在他们自己的头脑之中，而且也潜伏在读者的头脑之中。
>
> (Booker，2006：543)

因此，在某种程度上，我们都在使用别处生成的故事脚本。在某种程度上，所有的叙事都是脚本化的。但是，即兴创作的程度和随机组合的程度，差别很大。一个爵士乐手可能演奏《暴风雨天气》(Stormy Weather)，但那可能是脚本式演绎的唯一方面，因为爵士乐手通过把他或她的个人印记和鲜明特征，放入对时间的建构和演奏方式中，从而修饰和即兴演奏基准脚本。关键是即兴创作的程度，它打开了脚本并在这一过程中造出一些个人化和原创性的东西。在脚本型描述者的风格中，这样的即兴创作大大地缺失，因此个人建构降至最低限度。

以描述为主要模式的人们倾向于把他们的生活描述为发生在他们身上的一系列的事情，诸如："农民"、"家庭主妇"、"吉普赛人"、"银行家"、"教师"，等等，他们的描述都紧紧围绕这个角色而展开。在某种意义上，脚本的角色是封闭的，因为它似乎决定了大量的叙事，设置了边界和角色，而且似乎与冒险和即兴创作是对立的。然而，最重要的是，叙事以一种脚本化的方式运用，它被视作一种主要的指导来源，成为生活中"主导性的声音"。描述通常意味着对已接受脚本的相当的忠实，在多数的情况下，想象其他生活或情境的能力在一定程度上被预先封闭了。生活叙事被封闭的感知很重要，因为它不仅表明了脚本型生活的某种决定论本质，与此相关的是，遵循这样一种方式，其他的可能性既不可能想象出来，也不可能随后被体验到。因此，脚本型的描述倾向于用一种封闭的方式来使用脚本，很少进行探索或即兴创作。

因此，描述意味着某种程度的叙事闭合(Narrative Closure)。这就是我们所说的脚本型描述者的生活故事在叙事的意义上是闭合的。这类叙事，不像其他案例那样是一个学习、实验、开放探索及建构的场所。描述者的生活叙事以一种更为被动的方式讲述发生在一个人身上的事情，这个人接受了某种特定角色或"与生俱来的权利"。作为一种闭合的叙事，它不是考察和解释个人能动性和个人行 80
动的场域。它是对已经发生的事情进行描述性地复述。反思和内在对话很少在生活故事和访谈中呈现或提到。因此，叙事强度明显很低，而且生活故事访谈和生活故事记录表明，访谈者需要进行大量的提示和追问，以便获取信息。生活故事没有流畅而自然地出现，并且始终与已经接受的主导性的脚本保持一致。即兴创作或想象的其他备选方案的缺失，赋予了描述一种封闭的性质。脚本已然被接受，那么其他的路径和可能的探究线索都被关闭了。

脚本型描述者并不擅长讲述他们的生活，这对他们来说不是一件自然而然的事情。几乎没有叙事强度，而且也很少有证据表明，在他们的生活进程中，花了多少时间在内在沉思和叙事上。这种叙事不应该被看作是劣等的叙事，只是不同于其他生活故事的讲述者而已。脚本型描述者通常在生活中有很强的激情和目标，加之情境的稳定性也在某种意义上增加了他们的满足感。约翰的生活，无论在工作上还是在身体上都是安定的，而梅作为一个旅行者，拥有一个流浪的生活，但是这两个人都是生活在一个稳定而且沟通良好的社群之中。家庭单位是稳定的最主要来源，尤其对于约翰而言。

他们的生活有一定的能动性，特别是当继承下来的脚本运作良好的时候，正如对约翰而言，生活脚本确实有一段稳定运行的阶段。不仅如此，工具性的学习也贯穿生活历程的始终。但是，由于缺乏叙事的详细阐述，特别是自我生成的叙事无法发展出清晰的行动步骤的事实，意味着对外部环境变化的反应的灵活性有限。梅几乎看不到逃离吉普赛生活的“糟糕”方面的出路。当形势发生变化时，约翰同样也是一个受害者。当经营农场的外部条件发生变化时，由于缺乏阐述新故事和制定自己的行动步骤的经验，他毫无准备且无所适从。

面对新的贪婪地获取利润和占有财产的力量，他的高尚而“老式”的传统道德没有提供任何指导。因为没有叙事学习和详细阐述的历史，他在面对新社会秩序时是无能为力的。当由外生成并被接受为生活计划的脚本因环境变化而发生变化时，个人叙事的力量无法在新情境中施展。他没有其他选择，而只能“继续前行”。但这样做的结果就是，他与接受社会脚本而没有任何个人叙事反应的大部分人并没有什么不同。而且，脚本型描述者所遇到的艰难不应被看成某种象征性的结局。所有的叙事类型都会有缺点。我们还必须记住，叙事的详尽并不能保证幸福。在约翰生命的很长一段时间里，在凉爽的清晨，他站在山上，周围环绕着他的奶牛，无论是谁写的故事脚本，那时他一定充满着幸福感，对此我毫不怀疑。

脚本型描述者的叙事强度比其他群体要低。他们不习惯谈论，或者看起来，
81 不习惯思考他们的生活。因此，他们对生活故事的讲述有点“结巴”，通常没有演练过。这种叙事不是对于生活意义的建构，而更多地是对于生活经历的排列和事

实性的描述。脚本型描述者有一种根深蒂固的身份意识，即便在某些情况下故事讲述者自己是"旅行者"。然而，当变化来临时，对它的应对是僵化的，因为他所生活和所认识的生活，已经根深蒂固和固化了，想象其他生活和发展一种全新的自我意识的能力已经丧失了。

我们在本章简要考察了梅和约翰的世界，他们在一系列研究项目中，代表了生活故事讲述者中的主要部分。我们可以从不同的项目中举出数百个这样的案例，而且我们认为在英美环境以外，这种模式会构成一个主导的类型。当社会环境同情他们的角色时，生活（以及生活故事）可以是持续的、满足的，并在最好的状态下表现出幸福的。但是，当社会环境不同情这些角色或受制于破坏性的变化时，这种平衡会迅速地崩溃。这部分是由于叙事活动的种类。因为很少练习自反性和叙事性，所以新情况带来的挑战使得我们手头上没有多少叙事资本来形成新的观点或愿景。对于与生俱来的权利的高度承诺，即赋予的角色，意味着反应的灵活性较低。

早期的叙事闭合意味着学习潜能和其他想象的未来行动步骤的闭合。在有学习和想象的地方，这种叙事主要聚焦在被赋予的"与生俱来的权利"的角色。

在社会稳定时期，脚本型描述者可能会对自己的身份和工作具有稳定的自我信念。在社会快速变化的时期，较低的"叙事资本"和在自反性和叙事性活动方面练习的缺失，意味着这种叙事以反应的灵活性较低为特征。封闭的叙事模式在稳定的社会环境中很有效，但在一个充满快速变化和灵活性的世界，就会疲于应付。因此，脚本型的描述是无法被用于灵活地回应快速变化的社会环境的。

脚本型描述者在叙事中的叙事闭合，严重限制了他们的"叙事资本"。他们的叙事无法提供实质性的影响力，帮助他们去描绘能够超越原始脚本的行动步骤。同样地，他们叙事资本中的学习潜能主要与他们的原始脚本中的工具性要素有联系。最后，脚本型描述者的身份潜能也同样受到限制。比如，只有在约翰生命的最后一年，他才开始反思他本可以用其他方式来生活。脚本型描述者采用的叙事方式隔绝了更广泛的学习、行动和身份探索的愿景，并且为生活转型和关键事件提供了很低的叙事资本。

第八章　空想型阐述者[1]

我们对于叙事画像的工作显示，不仅有某些描述性的生活故事叙事的模式，还有一些精细阐述的叙事模式，都有一个封闭的维度：这个维度阻碍了我们对于行动步骤的灵活描绘。

我们把其中的一组称为“聚焦型阐述者”，因为他们聚焦的能力是多方面的。他们可以清晰而有远见地聚焦于自己的故事，这种形式还能带来更多的好处，因为它能带来清晰的行动步骤，进而提升能动性和效率。但是，详细阐述并不能保证多面向的聚焦。

许多叙事都包含了我所划分的“详细阐述”名下的分析、评估，甚至是概念化。然而，详细阐述本身并不能有效地保证聚焦性行动或效能。对于详细阐述的回应各不相同，这导致了许多其他结果。

在这方面，重要的是要再次区分叙事的学习潜能及其行动潜能与身份潜能（参见 Goodson 等，2010）。与我们一起工作的许多详细阐述者充分运用了叙事活动的学习潜能——也就是说，他们分析、评价和明确地表达。他们的生活故事叙述通常具有流畅的叙事流和相当大的叙事强度。因此，我们有理由假定，他们在叙事以及建构和微调他们的生活叙事方面，花了大量的时间。在许多方面，他们的叙事构成了他们生活的“主导性的声音”，但是从能动性和学习的角度讲，重要的是叙事被使用的方式。

空想型阐述者和聚焦型阐述者的区别，在于他们对于主导性声音的回应方式。他们的反应有很大的不同。有些人，比如约翰·肯特曼（John Kentman），他的案例会在下面介绍，在叙事上就极为密集，但他却追求一种与行动有些脱节的

---

① 原文为“Armchair Elaborators”（扶手椅型阐述者），此处意译为“空想型阐述者”。

生活。叙事和沉思，以及对他来说“对内心平静的追求”，本身就是目的。这些提醒我们，叙事和行动的脱离，其本身就构成了能动性和人类行动的独特视野。

其他的案例也在叙事上十分密集，但似乎总是被困在一系列不断重新审视的叙事问题之中。在这里，不完整的行动步骤的制定似乎比约翰·肯特曼的情况更难以接受。当谈到日常世界中的活动时，这些叙述提到了挫败感和未完成的使命感。在这里，生活叙事中的行动潜能和身份潜能看起来已经不完整了，或者至少 83
部分未能实现。这些叙述似乎反映了对更大的个人能动性的渴望，也反映了在叙事阐述和可执行的行动步骤之间建立联系方面的能力不足。在某些情况下，行动步骤和部署可以概述和叙述出来，“但是并没有在日常生活中实际执行”。对于空想型阐述者来说，“发现我们的故事”是一回事，而“过我们的生活”又是另一回事，并且对这一类叙事者而言，发展新的身份计划和新的行动步骤似乎特别难以捉摸。

约翰与保罗：空想型阐述者

约翰·肯特曼出生于 1948 年。因为家里又小又挤，当约翰的弟弟出生后，约翰就被送到邻居家睡觉。

在他“姑妈”的家里，约翰发现了远离家庭生活喧嚣的一种令人愉悦的孤独。他花很长时间独处，经常思考和发展故事与梦想。

约翰·科特曼是叙事最为密集的生活故事讲述者之一。他自称是一名“探寻者”。早在他 20 岁出头的时候，他就说：“我还记得我一直在寻找一种信仰、一种信念，或者‘业’（Karma）。”

他“有意地”探寻“内心的平静，如果你愿意的话，可以说是，生活……为什么，我完全没有头绪”。

他的生活充满了失望和困境——几次离婚、心爱的女儿死于车祸、在不同的环境和国家从事不同的工作。

在这段时间里，他的探索和叙事的详细阐述已经成为一个持久的特征。在 2000 年他 51 岁时，他说道：“在那里坐着，一个[结巴]一个星期天下午，我突然出人意料地说，我说：‘对，对，我已经，我已经有了足够该有的，我将不会再去工作了。’”

于是他放弃了在铁道上的工作。他说道：“一路走来，我说‘不，你知道，现在让我做我自己，让我做真正的自己。’”

他把自己看成一个放慢生活节奏的人。在经历了心脏上的一些毛病后，“我突然开始思考，嗯，我该再干两年吗，还是我现在就该到外面去，有一辆好大的公共汽车奔驰而过，我从自己身上获得了什么”。

他补充道：

> 约　翰：我并不认为自己仅仅[结巴]是一个放慢生活节奏的人。我把自己看成可能[结巴]有点像表演脱身术的人，但是……
>
> 访谈者：你在逃避什么，约翰？
>
> 约　翰：我要逃离拘泥的形式[结巴]，从惯例[结巴]中逃脱，我觉得[结巴]我不是自己命运的主人……我做的每一件事都是为了别人。

他把自己的探寻描述为“寻找一种更好的生活方式的探索”。

84 对某种平静的持续探寻一直存在。在最近几年里，约翰已经获得一份工作，在郡里的板球场换衣间当服务员：

> [周围会有]乱哄哄的说话声。并且[停顿]在傍晚，当所有的球队离开后，我99%的时间都会在那里，我总是最后一个离开球场，我会坐在球员席上，吃着三明治，还，还喝着咖啡。嗯，在六月的时候，太阳就快下山了，大约晚上九点半到十点，嗯，那是个让人愉悦的晚上，你还能看到球场另一边的所有树木，我坐在那里，我就想[停顿]“我有孩子，也有房子住[结巴]，我有饭吃[停顿]，生活很美好，你知道”。而且，嗯，只有在去年，哦，天哪，对不起，我有点情绪化，只是在去年我是那么想的[停顿]。或许在过去的两年里。

正如他所说，“如果‘死神’来到门前并说‘你只有半个小时了，约翰’[停顿]，我想我不会感到我失败了”。

约翰曾经是一名基督教徒，尽管现在不信奉了，他改述了《传道书》（*Ecclesiastes*）中的一段经文：

> “如果你等待风、等待雨、等待太阳都恰到好处，你将永远不会播种任何东西，你也不会收获任何东西”，所以在某种意义上说，自从我放弃了铁路工作，我对自己说，好吧[停顿]，你可以计划事情，我会走过，并且，并且我会看到，下个，下个星期日下午会如此这般，但是有些事你只是想想，“让我们看看究竟会发生什么”，你知道[停顿]，我会在我认为合适的时候做事情，你知道，不是，嗯，就是有点合适，让我们现在就做起来，但是我不再试图做过多的计划了。我真是喜欢《传道书》中的那部分，嗯，而且我想，尽管我不是说我拥有的生活，嗯，对全世界来说是恰到好处的生活[停顿]，因为它当然绝对不是[停顿]，我们都能从不同的事情中获得快乐，但是，但是对我而言，我认为当我做了正确的事情的时候，我就能更深入地进入某种视角。就是这样，我的整个生活都好像是一个巨大的拼图游戏[停顿]，有点像。如果这是一个农庄花园的拼图游戏，假设，呃，我想我现在已经完成了最难对付的那部分，你知道[笑]，啊，这是显而易见的。

放弃工作让约翰有时间陪伴家人，建立家庭关系。虽然他喜欢花时间待在运动俱乐部和陪伴家人，但是他仍认为：

> 最好的休息日，通常是，或者十次中有八次，实际上是，当我[结巴]休息在家并且周围没有任何人的时候。甚至连我的孩子也不在，你知道。

当被问到这样好在哪里的时候，他说：

我不知道。[结巴]它是，是的，我不知道，它是[停顿]，在某种意义上你可以不必表演，这并不是说我看到我的女儿或儿子，我必须变成乐
85 呵呵的爸爸，诸如此类，而是，你知道[结巴]你可以完全处于自然的状态，如果你，如果你是独自一人[结巴]，你可以百分之百地保持，保持你自己想要的状态，而不是别人想让你成为的状态。

访谈快结束时，55 岁的约翰说：

我还没有放弃去寻求实现其他的事情。我，嗯，我并不满足于我所拥有的，因此我有个清单，上面列着几件事情，但是这可能和日常的事情也一样，在日常生活中我要播种、打扫鸡棚、去银行。你意识到会有什么其他的事情在那段时间里发生，这或是一件你要去完成的额外的工作，或是会让你没法完成所有的工作，因为你在半路上被打断了，你知道。所以，可以说，我的生活有点像会议的议程，在议程末尾会有其他事项，你知道，就是这样，就是这样，就是这样，但还会有别的事情发生。而且，还有点像日志，如果你是一个好老板，你可能会一天计划 5 个小时的工作，剩下的 3 个小时用来处理那天突然发生的所有其他事情。而这，有点像我的生活。我不知道那是什么，但是我对我已获得的并不满足。

在整个访谈中，约翰不时地谈到他自己和他的家：

在某种程度上，我们五个人[停顿]，如果家庭是一张圆桌，我就在它的边缘，嗯，我总是在所有讨论的外围，一切都在继续[停顿]，但是没有参与其中。对于他们而言，我是一个相当游离的人。嗯，我们很亲密，但是我常常倾向于不，不和他们有共同秘密。

可能这就是真正贯穿在我整个生活中的东西，我没有真正感到[结巴]自己在我应该在的地方。[结巴]我认为那是恰当的词[结巴]但是

> 我，事实上，我并没有[结巴]完整地成为我应该成为的那一部分，不管是在婚姻中，还是在社会关系中，诸如此类。[结巴]我一直觉得这有点像是[结巴]一种暂时的拜访，呃，你知道……是的，这种感觉一直贯穿我的整个生活，我感觉到我只是[结巴]生命中的过客，可能除了[结巴]我的第一次婚姻，有相当长的一段时间我的第一段婚姻让我认为那将是我生活的全部。

约翰回顾了他的童年，在那段年月，他用他的火车玩具创造了他能够控制的“王国”：

> 这实际上很有意思，因为[结巴]在某种程度上有点像现在的我，我
> 已经[结巴]已经形成了自己喜欢的风格[结巴]，有的时候，我会只允许
> 别人在一定程度上介入我的生活，然后我会倾向于判断这是不是我所能
> 接受的最大的程度，同样地，如果我，如果我想要走出自己生活的小圈
> 子，我也会对此感到很不安。[结巴]很奇怪。我感觉这么多年以来我真 86
> 的已经改变了很多，但是当我坐下来并且真正谈论这件事的时候，我发
> 现我所说的[结巴]我并没有改变太多。

在某种意义上，你可以看到约翰很大程度上处于孤独的境地，这种孤独感始于他在隔壁房子中处于家庭边缘的生活。他从没有感觉到：“我在我应该在的地方。”尽管叙事强度相当可观，叙事探寻也在继续，但在行动或不行动的进程中，连续性看起来更明显——探寻在某种程度上又回到了起点。他自己也这样说——虽然他曾经四处寻找，特别是寻求内心的平静，但他最终意识到：“现在我发现这个探寻是在寻找我。这很好，但也很可怕。”

保罗·拉森(Paul Larsen)和约翰·肯特曼案例有许多相似之处。然而，他的叙事阐述以极高的叙事强度和最细致、最连续的那种详细阐述和分析为特征。的确，保罗是持续生活“在叙事中”的人。

第二次世界大战刚结束不久，保罗出生于挪威(Norway)乡村的一个农民和渔

夫家庭。值得注意的是，他的家庭与路德自由教会有着紧密的联系，这是一个以严苛的纪律和简朴的生活方式为特征的教会组织。从一开始，保罗把自己的故事看成一个自己被放错位置的故事。他称自己是“一个错误”：“我是四个孩子当中最后一个出生的，比我的孪生兄弟晚出生半个小时。他们说我是意料之外的，所以我来到这个世界的时候没有衣服穿。”

这种错位的感觉很早就开始了，这种感觉并不仅仅反映在他在家庭中的边缘地位，还反映在他感到出生在挪威的这个事实上。他认为自己出生在挪威是一个“错误”，“这是一个很大的错误”。

这种错误和错位的感觉反映了他在家庭生活中的一般感受，他不被期望，也不被需要。“所以，也许这就是我在这次对话中用到的观点，我出生在一个错误的地方。我不应这样，但是为什么人们会出生在他们不应该出生的地方？”

在他的早年生活中，保罗认为自己是一个“压抑的孩子”。他的母亲，一个焦躁而胆怯的女人，对他的每一个需求都极为照顾。另一方面，他的父亲经常不在家，保罗在他的访谈中告诉我们他对于他那面红耳赤的父亲的恐惧，他还是一个小孩时会因为犯下的一些非常微不足道的“罪行”而被父亲殴打。

当保罗与教他拉手风琴旋律的老师交上朋友后，他开始从自己相当不愉快的童年时代的家庭中逃离。这些旋律聚焦于主日学校。他说：

> 你会说，主日学校是一种真正的慰藉，它能抚慰人，它的确是抚慰人，它抚慰我，让我获得自由，那是另一方面……主日学校是那种，作为一个男人，我所不知道的事物，除非在主日学校里面才能知道，所以我能与他产生共鸣。我觉得，他更像一个父亲。

87 渐渐地，保罗开始梦想自己能成为一名教师，特别是一名音乐教师：

> 我梦想出国……我有个梦想……在大学里，在六年级，去瑞士学习法语和音乐，把那些事情都联系起来，语言和音乐在我的梦中……那是一个梦想，早早地出国，我，我，我不想把自己困在挪威，我会想到世界上

的其他地方。

想要在音乐事业中做一名音乐教师的追求，为保罗的生活故事提供了一个强有力的叙事核心。在保罗 19 岁的时候，他去了一个遥远的挪威海岸城市的音乐训练学院求学。

没过多久，他成了一名大学音乐讲师。保罗的女朋友那时正在接受护士培训，但仍然待在他的家乡。最后，订婚多年之后，他们结婚了。这是另一个他认为从一开始就是错误的行为，是他家庭的期望强加给他的："这不是一场婚姻，而是一种安排。这是一种安排。那是一个剧本……而在基督徒社会里你永远不谈论离婚。那是不可能的。"

然而，15 年后，保罗开始反抗他的家庭和他与路德教会的关系。反抗的重点在于让 35 岁的他从父亲的专制中解放出来。他父亲的观点和严格的教会教导为保罗的生活计划提供了一个非常清楚，而且实际上，是查巡式的脚本。这个脚本，他认为，让他"更愿意取悦他人，而不是发现我自己的需求和意愿"。

在这个成为某人和探索的过程中，保罗花了大量的时间为他的生活"梦想"出不同的故事情节和叙事。他觉得他应该离婚，并且开启新的生活历程。有一段时间，他追寻这种新的方向，为了在大学所在的城市过一种更加"多姿多彩"的生活，他和妻子离婚，抛下四个孩子。他脱离了教会团体："我开始，开始理解，在基督教的世界里，我的生活只是服从和墨守成规。"但是保罗依然有一种错位感。他已然认定只要身在挪威他就"不可能做他自己"。他渐渐相信"如果你……如果你想开启人生的新篇章"，你就必须"放下一些事情"。因此，保罗开始计划到英格兰去研读音乐课程社会史——他已经教了好多年音乐课了。最后，他成功地实现了目标，他来到英格兰生活，攻读博士学位，并兼职做音乐教师。经过一段时间，他探索了一段新的伴侣关系，开始了他在英格兰的新生活——他梦想已久的"新篇章"：

我想我，做了很多梦，嗯，如果你明白我的意思，幻想，把梦当作内心的生活，或多或少地做白日梦。我想我越来越多地把写作当作白日梦。所以……也许，逃离、摆脱一些东西的这种想法，嗯，很早的时候就进入

> 我的写作，虽然不是有意识地，而且我认为我也同样利用音乐，呃，来逃离限制，呃，逃离行为的规范或任何那些能束缚我们的东西，因为它们是
> 88 非常严格的，可以说非常的严格。

他的新梦想依然被锁定在解决旧的困境之中，在他的叙述中，他不断地回到与他的父亲和他严格的宗教教养的未解决的关系中。

在约翰和保罗的案例中，我发现了具有高度反思性和叙事强度的生活故事讲述者，但是我们只看到叙事与行动步骤发展之间微弱的联系；这些人都是空想型阐释者。他们对于独立性和“成为某人”的终身过程的承诺通常极为强烈，但是这些很少转化为一种对行动步骤的认真而负责的描绘。因此，成为某人的过程是封闭的，在这个特殊意义上，这些叙事被用作封闭的生活叙事。因为关闭了成为不同的人的积极前景，空想型阐述者放弃了描绘新行动步骤和新身份计划的机会。这些可替代的选项经常被思索，甚至被叙述，但是从未被带入行动和自我定义的世界，在那里，人们会探索超越了所经历的原初困境的新的身份。

关于空想型阐述者的最为复杂的议题之一是他们的叙事被用于学习的方式。通常情况下，空想型阐述者都很老练，而且善于运用他们的自反性。他们知道如何详细地叙述他们的生活并且对其加以反思。然而，这样的反思有某种循环倾向，即不断“往回走”的某种方式。这是因为他们似乎被锁定在他们生活中无法“超越”的特定通道中。结果，他们不仅不去想象新的行动步骤，他们的学习本身也受到了严重的抑制。这个问题绝对不是智力的问题；在我们众多的研究对象中，这更多地是一个以封闭的方式运用叙事的问题。同脚本型描述者一样，他们的学习策略中几乎没有开放的探索或即兴的创作。

空想型阐述体现了“叙事资本”的复杂性，因为叙事具有高度的自反性和复杂性。这些叙事者在叙事活动中投入大量时间和精力。但是，在描绘新的行动步骤或发展新的身份项目时，他们的叙事在应用上是封闭的。他们的叙事资本在投入这些新的变革时，缺乏能力和任何策略，因为他们依然专注于早期的创伤或困境。这抑制了他们探索新的自我模式和新的学习模式的尝试。

第九章　多重型描述者

多重型描述者(Multiple Describers)的主要特点是,他们的生活故事的重点涉及对社会中已经存在的角色和身份的选择和变动。但是,在许多方面,这种叙事聚焦于对所提供机会的开放性探索上。在本章中,我们将聚焦两种具体的探索类型,来展示我们如何使用这些描述性叙事来开发行动步骤和学习策略。我们特别关注了两种开放性探索:围绕家庭和种族身份观念的探索,以及对奖学金机会的探索,以此说明起作用的学习模式、能动性和身份的本质。

身份被看作是能现成获得的,然而叙事的关注点在于对一系列身份的持续选择。生活故事的叙述,倾向于关注描述在可供选择的身份之间的变动,无论是职业身份还是整体身份。在生活故事的访谈中,叙事强度较低,很少有叙事活动是聚焦于个人化的详细阐述的,或是对所接纳的身份进行个性化的调整的。一般而言,叙事身份是被采纳的,而不是被调适出来的。

在第一章中提到的我们对散居的希腊人的研究中,就可以看到这种对于现成身份的接纳。在我们访谈的对象中,那些在美国、德国或澳大利亚长大,父母双方或者单方是希腊人的,都深刻地接纳他们的希腊人身份。福蒂斯(Fotis)谈到他的孩子,由他——一个希腊人——和他的德国妻子共同养育:

> 我的两个孩子都加入了舞蹈团体,并且做过很多公开演出,他们知道所有的希腊舞蹈,换句话说,他们几乎都是专业水平的舞者。他们始终都在接触希腊音乐;我的两个大孩子都会演奏希腊布祖基琴(Bouzouki),而我女儿已经在高水平的音乐会上演奏了。比如,她曾经与柏林爱乐乐团的指挥合作过一场音乐会,这位指挥广受赞誉。他们和一支由三十五六个人组成的管弦乐团一起演奏奥佐拉基斯(Theodorakis)的作

> 品，我的女儿和儿子在其中演奏布祖基琴。我的儿子还会拉小提琴；我最小的儿子已经在学习拉小提琴和布祖基琴，他现在还打算开始学习舞蹈，这在以前是不可能的，因为在我们的社区里没有儿童的组合。他们都是非常积极的成员。

90 他自己也感觉到，在国外生活期间，他的希腊属性愈加强化了。

> 如此，希腊的元素就被强化了。我的意思是，当我们带着这些观点去希腊时，我们面临着一种奇怪的待遇。在希腊的希腊人未必以希腊的方式思考，然而生活在国外的希腊人则有强烈的这种感受，因为他们远离希腊，并且处境不同：他们对希腊元素很感兴趣，他们全情投身于此，并且他们还找到了一种方法。他们对希腊的感情更加强烈，他们觉得自己与希腊的联系更加紧密。
>
> 除此而外，还有种族歧视的问题。生活在希腊的希腊人痴迷于一切外来的东西，但他们比住在国外的希腊人更容易受到种族主义的影响。生活在国外的希腊人可能会增强希腊的元素，但是他们却摆脱了种族主义的元素。从这个角度来看，这当然取决于一个人的智力水平，我认为生活在国外的希腊人更接近于古希腊人所主张的。

这种对希腊脚本的接受，在某种程度上是“本质化的”，但它代表了一种想象的且动态的身份。身份的本质概念的力量是相当大的，常常会带来一个界定清晰的行动步骤。在审查人们的生活故事时，我们可以看到，叙事是如何代表一种“主导性的声音”来影响人们在世界中的行动的。

在关于专业知识的那个研究项目中，我在瑞典南部的哥德堡(Gothenburg)待了一段时间。在那里，我对瑞典人进行了一系列的访谈，了解他们对于瑞典人和家的概念的理解。其中最有趣的一个是对一位出生在美国的30岁年轻女子的访谈，她的父母都出生在瑞典，她的家人在美国明尼苏达州(Minnesota)定居下来，她在那里长大，但是每年夏天她都会被带到瑞典南海岸外的一个岛上的避暑小屋去度假。无论是在度假还是回到美国定居，家里都十分强调要把她培养成瑞典人。她经常听到关于瑞典家乡的故事，并且形成了自己是瑞典人的相当本质的观念。在这个意义上，这很像我们访谈过的许多第二代希腊人。在与这位年轻的克里斯蒂(Kirsti)女士的交谈中，最引人注目的是，她对瑞典式叙事的接纳与她所描述的行动步骤之间的关系。

在她青春期后期的时候，她决定回到瑞典南部海岸的一个小岛上生活。她如此完整和彻底地接受了关于瑞典是她的故乡的故事，以至于她觉得这里就是她要安定下来和度过一生的地方。没过多久，在一个夏天，她遇到了一个岛上的手工工人，后来嫁给了他。我花了一天时间，在她那令人愉悦的家里与她谈论她是如何接受叙事身份的，正是这种身份让她定居在这个瑞典小岛上。结果就是，她想象的关于应该在那里定居的家园叙事建构将她从千里之外的明尼苏达州带回了这个瑞典小岛。寻找家园当然是众多散居侨民的一个特征——只要想想以色列建国的根基，或是支撑电影《根》(*Roots*)的沉思，就能看出叙事建构在描绘行动步 *91*
骤中有多么强大。

移动脚本提供现成身份基础的另一个常见的例子，是那些追寻“奖学金男孩”或“奖学金女孩”的轨迹的人。我在第一章中提到过，尽管我承认我对于这类故事有种自传式的偏好，但是，我认为它们确实给我们提供了一系列具有指导意义的案例。

生活故事最常见的一种形式是社会流动的故事，它刻画了多重型描述者的特征。比如，从20世纪50年代起，就有一个广泛使用的关于奖学金男孩或奖学金女孩的故事脉络，讲的是奖学金男孩或女孩通常能获得很强的社会流动力，而且常常与地域性的流动相关联。我们对加拿大少数族裔教师的研究收集了大量的多重型描述者的故事，这些故事描述了他们生活中相当可观的地域迁移和个人的发展(关于奖学金男孩的具体研究，参见 Goodson in Thiessen 等，1996)。

伊丽莎白和查尔斯：多重型描述者

伊丽莎白(Elizabeth)出生于加纳(Ghana)，一个充满奖学金和迁移机会的世界。在通过进入中等学校的考试之后，她不得不离开家乡。

> 当你要上中学的时候，你可能必须要到500英里以外的地方才能住在学校里。我们称它为寄宿公寓(Boarding House)，所以我在中学生活的整整五年里都住在寄宿公寓里。

重要的是，罗伊斯顿·兰伯特(Royston Lambert)曾把这种寄宿学校称为“完整社会系统”(Lambert, 1968)，因为它们把学生保护起来，并提供了一个完整的制度环境和视角。

伊丽莎白，从一开始就被定义为一个“奖学金女孩”，而且：“在高中里，我的表现非常好，我的课程成绩也很优异，因此高中毕业的时候就获得了出国留学的奖学金，这也是我会来到加拿大的原因。”

获取奖学金的经历可以很容易地在叙事中联系起来——它为叙事提供了一个很清晰的轨迹，事实上是提供了清晰的与既定的奖学金故事谱系相适应的故事脉络。故事脉络提供了能动性和学习，但是往往会抑制对于叙事强度的需求。因此，在伊丽莎白移居加拿大的过程中，她获得奖学金的很多过程都是由别人处理的。伊丽莎白认为她的任务就是按照已经为她安排好的路径来行事：“我们获得了一项奖学金，登上安排好的飞机，然后乘上安排好的巴士，然后就被引导到如今居住的公寓大楼里。”

但是，这并不意味着她缺少个人动机和能动性，恰恰相反。通过遵从为她安排好的规则，她感到了自己被赋予的力量。在从家里搬到学校，再从故乡移居到国外的过程中，她认识到自己有能力灵活且热情地应对新情境：“我说过我会应对它的，我能处理好任何其他事情。我记得我已故的叔叔这样说：‘哦，我知道，你会应对任何事情。’而这就是我，我会应对任何事情。”

在她对自己生活的描述中，最核心的就是她反复提及的学习经历。这个故事讲述了她对个人能动性的信心，以及她在新文化环境和新制度氛围中学习的能
92 力。她谈到了这样一件事：“突然间，你必须学习所有这些事情……这非常令人兴奋……我变得越来越忙了。”

我们的一些对话聚焦在她是否反思了自己的生活。我问她，比如，她是否记

过日记。她回答她只记过很短一段时间，但是她总是忙于学习新技能和承担新任务。她的生活忙碌而充实，她忠实地遵循着一个奖学金女孩的故事脉络。她是一个非常自信的人，并且有目标感和能动性。她的描述涵盖了更广阔范围的文化经历和无数的新的学习经历。

和伊丽莎白一样，查尔斯(Charles)也选择了奖学金的道路。正如我们将看到的，他的案例和乔治·约翰逊(George Johnson)极其地相似(Goodson, 1996)。约翰逊走的是奖学金男孩的道路，他一生都在追求学业上的成功，他在50多岁时开始攻读博士学位，试图寻找走向奖学金道路的顶峰。除了忠诚于奖学金男孩的故事，查尔斯也忠诚于自己祖国身份的观念。这种多重特征在我们之前提到的希腊第二代移民的研究中显得极其明显。在那里，移民们遵循的叙事范围很广，从对希腊有着本质认识的描述者，到对自己的家乡和身份有更弹性、更灵活的观念的详细阐述者。

在查尔斯的案例中，对奖学金路线的忠诚和对自己西印度身份的坚定承诺紧密联系。对学历重要性的信念支撑着他的人生计划。在获得第一个学位之后："我拿到了一个硕士学位，然后返回高中教书，那里薪水不错，与此同时，我边教书边拿到了一个教育学硕士学位。"

后来，他希望在教育阶梯上更上一层："在高中教了几年书，四年多之后吧，我想我需要继续更上一层，并且开始考虑我能做些什么来获得博士学位。"

起初他计划在爱丁堡(Edinburg)攻读一个博士学位，但后来因为家庭原因改变了计划，但很久以后——大约是他获得第一个学位20年后——他开始在美国的一所研究生院攻读博士学位，之后，他就在加拿大成为一名教育学的助理教授。

他非常明确地把"通往职业的道路"当作自己生活的核心主题：

> 在我的脑海深处，我关注社会流动性，关心社会经济流动，当时的我是一个处于社会底层的大约19或20岁左右的小伙子，我需要更多的流动性和社会地位……要教高中，你就需要学位和钱，有了更高的薪水，你就可以做更多的事情，你能在社会上成为一个更受尊重的人，诸如此类的事情……

访谈者：你们家族有教书的传统吗？或者有上大学的传统吗？

查尔斯：没有。我的父母都是农民。是的，我是家里第一代上大学的。我的父亲是一个卑微的园丁。他有一把弯刀(Cutlass)，或者叫短剑(Machete)，在这里人们都这样叫。我的母亲则在房子里做家务之类的活。我的出身是非常卑微的。

93 查尔斯提到了他父亲对他的精心培养，尤其是在追求学历教育方面："我父亲是一个支持我接受教育的人。"他遵循着他父亲的教导，即便他小时候有别的梦想。他特别想成为一名警察："我喜欢制服，我喜欢手中握有法律的权威的那种感觉。"他的父亲对这个梦想说了"不"。

你不能还嘴，他决定了你就要去做……现在，如果他是完全不同类型的父亲，我可能会按我自己的方式行事，我可能永远不会去上高中。但是他说："你要上高中，我的话就是最后的决定。"然后我就照做了。当我去了以后，我就喜欢上了它，因为我在学校里获得了提高并且表现出色，你知道，在高中我进入了一个小团体，我们是男子学校，在这个小团里的所有男孩，我们都关注成绩，你在测验里得了什么，你在那得了多少分。你在这得了个"A"，在那得了个"B"。这就是我们谈论的东西……我们谈论的是学业成绩，我们做梦，我们睡觉，我们，所以我……优秀的团队也激励着我，因为即使在一个团队中，你也希望在你自己的团队中或社会组织中能受人尊重。

在这些引述中我们可以看到，社会流动性和社会地位作为生活主题和生活梦想具有强大的影响力。来自家长和同辈群体压力的相关联的力量支撑着这种对于奖学金生活叙事的接纳。奖学金生活故事受到文化故事脉络和那些重要的社会他人——父辈和同辈群体——的强有力的支持。这是一个社会规定的脚本，查尔斯的生活故事的线索严格地遵循着脚本的规则以及他父亲的声明，没有任何的反驳与不同意见。

奖学金的路径让查尔斯能够周游世界，成为一名在经济上有保障的教授。但在他对西印度家园的反思中，我们可以看到，这种多元且变化的叙事是有代价的。因为他已经走了这样一条路，他接受了提供给他作为一种“与生俱来的权利”的身份，或者采纳和扮演了一个外部生成的身份，但很少去调节。他对祖国的观念也同样是本质化的。谈到他在加拿大的职业生活时，他说：

> 我想在某种程度上，部分问题出在我身上。我不是那种喜欢户外活动的人。我并不是对加拿大有什么意见，只是我想我的过去、我的成长经历和我的品位已经在我心中根深蒂固，我的生活离不开它们，当然，请注意，我已经在加拿大生活了 18 年……但是来自家乡的文化特征，它们已经和我融为一体了，而且我猜我比一些人更固执一些，你知道，他们可以忘掉一些事情，但是我不能。

“奖学金男孩和女孩”以及关于“家”的基本观念的这样的故事脉络，它们的最重要特征就是提供了跨文化的相似的叙事。比如，在英国关于奖学金男孩的文献是密集的，从霍格特（Hoggart）于 1957 年开展的先锋研究（Hoggart，1990）一直 94
到约翰 · 哈里森（John Harrison）1995 年的著作《奖学金男孩儿》（*Scholarship Boy*）。我们自己的研究也发现了大量的关于这两种故事脉络的案例，它们为多样的描述性叙事提供了支撑。乔治 · 沃森（George Watson）是学习生活项目中的一名生活故事讲述者，他最终遵循的故事路线远远超出了脚本式的奖学金故事的模型，但是他早年的经历表明，早期的奖学金的经历是多么强大，尤其是对于工薪阶层的学生而言。

> 我在全镇是学习最好的男孩，这就是为什么我拿到了奖学金。有学习最好的男孩和女孩。那个时候是 11 + 考试[①]。嗯，我在学校有非常愉

① 译者注：11 + (Eleven Plus)考试是英国学生在小学最后一年进入初中所参加的考试，是英国初中的入学年龄，即 11 至 12 岁。每学年有两个考试时间，分别在 11 月和 1 月，考试内容包括英语、数学和科学。

> 快的时光。我在像拼写这样的事情上远远超过了我的同班同学。我那时的阅读量很大。所以，当我们要学习一本指定用书的时候，我总是会在上课前就把它读完了，所以上课就有点无聊了。嗯[停顿]，不，我家人把我看成一个，看成一个，一个天才。嗯，我猜我是一个被娇惯的孩子……我在家无拘无束。我应该是……在家被照顾得很好，并且，嗯[停顿]，我从没有被我爸妈打过，或者不允许吃晚饭就被打发上床睡觉，或者任何类似被管束的事情。这就是我所说的被娇惯。

多重型描述者的范围，覆盖广泛的描述性故事脉络的谱系。我们之所以选择这些特定的描述性故事，是因为这些例子在我们所考察的广泛的文化环境中普遍存在。当然，多重型描述者也会接受其他社会建构的故事脉络。然而，关键是，他们的生活故事是基于外在产生的由社会所提供的脚本。他们可能属于跨越多重文化的某个特定历史时期的奖学金故事的脚本，也可能属于有着特定的“家”和“归属感“的观念的故事脚本，比如希腊人或吉普赛人的生活方式，或者忠实于某个特定的社会或政治观念(见 Andrews, 1991)。

不过，总的来说，这些故事脉络采用的是元叙事，它将个人纳入一个更广泛的愿景和意义的联系之中，将详细阐述的个人愿景置于次要地位。个人的愿景和梦想可以很好地构思和追求。但是，它们仍然局限于具有支配性的元叙事的框架之内。

在支配性的故事脚本的范围内，个人的能动性和对行动步骤的描绘可以得到有力的证明；在规定的领域内，当事人也可以灵活地应对各种机会，有时涉及相当大的地域或社会职业的流动。然而，值得注意的是，正如我们在上面提到的案例中所看到的那样，通常在遇到巨大的地理、社会以及职业变动与挑战的时候，当事人会牢牢抓住支配性的脚本，就仿佛它是“救生筏”一样。如此，个人能动性被最大化了，但是个人的详细阐述和叙事强度则没有得到充分的发展。多重型描述者可以描述范围宽广的境况、变化和挑战，能够灵活应对新环境，并且在新的学习中实践。另一方面，支配性脚本倾向于限制个人的详细阐述，这常常被辩护为是在面对社会和环境的变化和挑战的多样性时，确保安全的救生筏。看起来所使用的

脚本本身可能是封闭的，但对脚本潜力的公开探索以及对灵活的行动步骤的描
绘，大大抗衡了先前的封闭。多重型描述者的生活叙事是开放性探索的故事，也 95
是不断追求梦想和形成中的变化的故事。

多重型描述者再度例证了叙事资本观念的复杂性。他们公开探索、游走世界和工作更替的能力是相当强的。但是，由于早期对于脚本的接纳，无论是基于种族身份的脚本还是奖学金的脚本，描述者几乎没有动因去想象和公开探索更广泛的叙事。多重型描述者把在工作和国家之间的灵活迁移能力，与探索其他故事脉络的无力感结合在一起。当探索其他可能的叙事远景时，他们的叙事资本相对较少。正如查尔斯指出的那样，他曾经想成为一名警察，但是他屈从于父亲的意愿，坚守了他与生俱来的故事脚本。

从这里提到的一些案例中，我们可以看到，早期对一种叙事的接纳可以带来一种开放探索和迁移的生活。只要能够成功地追随核心的叙事，学习、能动性和身份潜能都会最大化。忠实于这些叙事脚本的代价就是无法充分探索其他叙事远景，而在那些叙事不太成功的故事讲述者的案例中，只有很少的叙事资本可以用来发展新的身份计划或自我模式。多重型描述者会像抓救生筏一样紧紧抓住他们的核心脚本，这是一种策略——如果成功的话——就能确保高度的地理和社会流动。付出的代价就是对其他叙事远景的有限探索。在这个意义上，叙事的运用和部署都是封闭的，即使它是在多重环境中被使用的。迫在眉睫的危险是，如果核心脚本在新的经济和社会环境中受到质疑进而遭到挑战，那么多重型描述者在发展其他替代性的行动步骤或其他身份计划所需的叙事性（Narrativity）及自反性方面，几乎没有什么实践经验。没有高的叙事资本，多重型描述者会非常依赖于他们的核心但具流动性的脚本的持续生存力。

注释：

我感谢安娜斯塔西娅·克里斯托（Anastasia Christour），提供了本章中使用的“移民项目”（Diasporas Project）中的访谈资料。

第十章　聚焦型阐述者

聚焦型阐述者(Focussed Elaborators)的主要特征是,他们关心的是从已继承的故事脚本或既定的社会化模式中挣脱出来。他们以较高的叙事强度为特征,并且花大量的时间在反思中或"在叙事中"(in Narration)。虽然大多数聚焦型阐述者有一些共同特征,但是,正如我们将要看到的,他们的叙事回应,特别是他们的详细阐述的行动步骤,却有很大的差别。

聚焦型阐述者的一个共性是对公共叙事或家庭叙事的打断或破坏。这之所以会发生,是因为地理的移动或社会隔离,也可能是由于一个关键的,有时是创伤性的事件,使一个根深蒂固的叙事变得支离破碎。

这些早期经历似乎严重地影响了安全感和周边环境的稳定性,因此也影响了人们所讲述的生活故事的类型。正如一位我们的生活故事的讲述者所说的那样:"如果你无法从外部获得它,你必须从内部创造它。"当外部产生的叙事失去控制时,一种内在的、聚焦的动力就会出现,它会发展一种新的自我生成的叙事。这种发展明确的个人叙事的动力显然会产生一系列的结果,范围涵盖从我所提到的聚焦型阐述者到我所说的空想型阐述者。在这个范围的一端,聚焦型阐述者发展出一个自我界定的叙事,由此带来了一个行动步骤,一种新的学习模式,以及一个成功实现的身份计划,有时是以职业的形式——比如音乐家或者木偶表演者。

正如我们在第八章所看到的,在这个范围的另一端,自主性的驱动导致了一系列叙事结构的建构,但是没有一种叙事结构能带来系统的行动步骤、学习模式或新达成的身份。有时,生活叙事者会争辩说这就是生活的要义,只是活着而不是无休止的奋斗,但是他们的叙事强度以及他们对个人意义的追求似乎与这个存在主义的故事并不一致。

现在让我来说明聚焦型阐述者这一类型,他们定义的叙事与生活计划或详细的行动步骤密切相关。由于这个核心的关联，我们有时把这群人称为“原始的”或“自主的”阐述者，因为他们对于建构新的生活计划具有核心的能动性。虽然认识到在完全意义上的自主性是不可能的，而且承认在他们的故事中也涉及使用现有
的故事脉络和故事脚本，尽管如此，在“功能独立”和“自治”的意义上追求自主性， 97
却是聚焦型阐述者明确的共同目标。

在叙事强度方面，那些想要成为自主的、聚焦型的阐述者，在叙事上是非常熟练和拿手的。他们的叙事为他们的故事提供了一个广阔的社会文化背景。他们的故事有历史性和社会性的依托，并且关于故事是如何建构与讲述的，通常有一个支撑的理论。

契克森米哈和比蒂曾经把这种迫使自己形成生活理论的现象描述为一种生活主题：

> 生活主题被界定为对一个问题或一组问题的情感或认知的表征，被有意识或无意识地感知或经历，构成了一个人童年时期心理压力的根本来源，而这个人希望首先使其获得解决，然后触发了适应性努力，导致试图识别感知的问题，然后反过来，又构成对现实的根本解释的基础，以及应对现实的方法的基础。
>
> （Csíkszentmihályi 和 Beattie，1979：48）

意识到这可能会给人一种充斥着术语的心理用语的印象，他们有益地补充道：

> 以一种更简洁的形式，这个定义会是这样：“生活主题包括一个或一组问题，这些问题是这个人试图想要优先解决的问题，及其试图达成目标所找到的方法。”
>
> （Csíkszentmihályi 和 Beattie，1979：48）

生活主题的发展模式最初是在他们对艺术家的纵向研究中提出的。他们发

现，有创造性的艺术家会“使用视觉表现媒介帮助他们以象征性的形式发现、表达和解决一些会引起内在精神压力的核心的存在主义的问题”（Csíkszentmihályi 和 Beattie，1979：48）。艺术家们经常用稍微通俗一点的方式来表达这一点。以翠西·艾敏（Tracey Emin）为例，她是我们最有天赋的创意艺术家之一。她最近写了一篇关于将生活主题和艺术并置的文章：

> 显然我是一个钟摆：在胖与瘦之间。当我高兴的时候，我非常的瘦，当我不高兴的时候，我很胖。在我生命中只有非常短暂的时间我会有正常的体重，即便我是孩子的时候。所以，我不得不坐下来，追踪外形好看的时候，并且看看它们是否与快乐相关。当然，它们之间的确有相关性，因为胖与瘦很好地和消沉与悲伤相应。很显然，那就是我为什么喝酒的原因，为了避开所有的感情。然后，就像一座该死的火山，在我最意想不到的时候爆发了，把所有倒霉的东西都喷到我身边的人和事上。
>
> 所有的事情都是显而易见的，但在生活中，有时我们需要被告知，而最重要的是，我们需要倾听。
>
> 98 我特别想把世界当成个美丽的地方来观看和体验。我厌倦了伤害，即便我走路或者思考也会让我受伤，但是我知道我非常幸运。我是个艺术家。这意味着我能够把所有这些东西捆起来，放到手推车上，把它们从我湿漉漉的头脑中推出去，直接送进世界的画廊。我可以把它变成一个真实的事物。一个实体的东西，一个叫做艺术的东西。
>
> （Emin，2007：6）

克里斯多夫：聚焦型阐述者

聚焦型阐述者在叙述他们的生活故事时特别老练。与克里斯多夫（Christopher）交谈，就像参与一场持续而密集的对话。在访谈的每个时刻，他似乎都与自己的感情和思想紧密相连。他对反馈很敏感，但是他对自己的故事有一个清晰的路线和脉络，不会容忍太多的改变或干预。他的故事有一个精心设计的“脊柱”，与他的身份感和能动性紧密相连。使整个故事形成一个不可分离的整体，由他的故事、他的自我、他的身份和他的行动构成。那么，这个故事可能看起来是以自我为中心的，但实际上并非如此，因为他借鉴了文学、哲学、艺术、社会科学和心理治疗的例子，以及其他人的经验。因此，他的故事是“内在事务”和“外在关系”的优雅的结合。

我们将会看到，克里斯多夫的生活故事，或者至少他的身份具有一个核心主题：同性恋木偶戏演员（尽管在第一次访谈的早期，他就热衷于批评使用如此概括化标签的观念是限制性/有约束性的）。作为一个木偶戏演员，他一生的工作都是讲故事。他反思：

我认为现实让我明白我生活中所做的很多事情都是空想，我的生活一直在创造、创造，嗯，那是什么东西，什么是喀迈拉（Chimera）[①]，是这样的吗，你以为它会在那儿但其实它不在那，那就是喀迈拉吗？

访谈者：　是，是的。某种象征性的世界。

克里斯多夫：我想这就是我一直在追求和创造的东西。所有这些事情，我认为都是合理的，我确实觉得，当我看它们的时候，我仍然觉得，是的，那很好。但是，嗯，我想知道，是否正如你所说的，重新塑造我自己的所有的原因都不同了，我不确定它是否还一样。

访谈者：　为什么现在不一样了？我对你说的有所共鸣，但是为什么在这个年龄和阶段它和以前不同了，重新塑造自我在某种意义上可以让你在自己的轨迹上继续前行，现在是什么不同了呢？

克里斯多夫：是啊，我在想是不是重新塑造让我远离了现实的某些方面。你知道，事实是我让自己深深地沉浸在幻想中，

① 译者注：希腊神话中虚构的怪物，通常被描绘成狮首、蛇尾，背上还长着羊头，意指虚构的幻象。

> 并以此来创造艺术……我觉得，如果这种幻想的某些
> 部分正在消失，那就需要创造另一个世界，而且我感
> 到，尽管这是一种有点古怪的，古怪的想法，如果我能
> 99 让有些东西消失，那么什么会消失，什么会留下，并且
> 什么东西消失后仍然在起作用。你知道，好像我感觉
> 不到那个，我觉得我可以从我已经做过的工作中学习，
> 我觉得我可以重新探索，在某种程度上，我还可以从我
> 已经完成的工作中学习……我说的是我认为我作为艺
> 术家的工作生涯的过程[停顿]……这是一个深化我的
> 生命的过程，因此这并不是无效的。你知道，好的，我
> 已经以许多方式创造了一个幻想世界，在某种意义上，
> 神话也有，也有其真实的一面，一种学习，你知道，可以
> 通过深化来学习，我想这就是我的生活故事，我感受到
> 我从我所做的工作中学到一些东西。

对于克里斯多夫而言，“叙事”、“神话”绝对是他生活的中心。

> 我有一种强烈的神话感和童话感，不是魔幻的，而是超越日常生活的力量，是生活中的一部分，你知道，我觉得整个梦想/现实都是我的一部分，我内心深处的一部分。

从两岁半开始，他感觉到他“必须创造自己”。

他持续地重新塑造。在第九次访谈之后，他第二天就打电话说他一直在考虑访谈。他给我们留下的信息是，在他感觉自己跌入谷底的生活时刻，是生活告诉他，他必须“重新创造”、“重新发现”、“重新认识”他自己。他继续说，“这些是他人生中必须迈出那些成长步伐的时刻”。

这种持续的创造就是我所说的重塑自我(Re-selfing)。在生活政治的新时代，我们越来越多地面临持续改变的挑战(奥巴马的口号是“变革的时代”)。然而，新

经济要求人们在他们的工作生活轨迹中不断地变化并且重新掌握技能。因此，新时代、新经济的到来，必然伴随着“重塑自我”。在克里斯多夫的案例中，当他进入新的转型期时，他谈到了“新的克里斯多夫”正在建构中，并不断显现。这种重塑自我确实是一种具有洞察力的策略——许多关注那些长寿且富有创意生活的人的长寿研究，就谈及那些过着前后衔接、连贯的生活的人们。换句话说，这些人——像克里斯多夫一样——在重塑自我的过程中驾轻就熟。

克里斯多夫叙述他的故事时的轻松自如意味着大量的内在思索和自反性的预演。

二战期间，他出生于英格兰南部的一户中产阶级家庭。他相信，在他生命的头几个月里，曾有一段“黄金岁月”。

> 有一张我母亲抱着我的照片，那时我还是一个非常小的孩子，我刚出生不久，还有一张照片的背面母亲写了字，这是要送给别人的，照片背面写着“这是我的新生儿克里斯多夫，他是不是很甜美、很可爱”诸如此类的话。所以我想，在我很小的时候，我的母亲一定非常爱我。 100

在相片中，有“真正的温暖，还有她在背面写这些话的方式。那显然是真挚的，你知道”。

在克里斯多夫出生十五个月之后，他的母亲又生了一个儿子，改变了家庭的动态，并给克里斯多夫带来了竞争。到克里斯多夫两岁半的时候，他的父母分开并离婚了。那时，尽管他认为他可能还记着父母之间“可怕的争吵”，他的“神话”是这是一段“安全”的时期：

> 就是那种感觉。在那里是安全的……我感到自己被爱，而且我感到好像我知道，我知道被爱是什么感觉，而且我想如果不知道这些，我可能会成为瘾君子，我可能会是少年犯，我可能会是一个罪犯，我不知道我会成为什么，但是因为那种感觉，它救赎了我。那是我的感觉。

他的母亲再婚了；克里斯多夫和他的继父没有能够建立起亲近的父子关系。他的母亲最后沉湎于酗酒并患上广场恐惧症。

> 我还记得每天生活在那个地方的折磨，那里充满混乱，爱不是慷慨的商品，也不是唾手可得的。我母亲不得不以某种方式把自己封闭起来，不得不通过那样的方式，以便持续被关爱，而不是与你待在一起。

他被送到一个私立的预备学校。有趣的是，克里斯多夫并没有讲述他在这所学校或后来的学校的经历（除了有报告说他在其中经历了考验和磨难）。这所学校是以夏洛特·梅森（Charlotte Mason）的哲学为基础的。在他的叙事中，特别提到了梅森的哲学的两个方面。首先，她相信挖掘孩子们的"谈话资源"是很重要的，把他们的谈话看作一种叙事艺术。她认为，叙事会使孩子的个性成为她/他的学习过程的一部分。第二，她相信在一个结构化和提供支持的方式中，最好是让孩子"自然地"学习，有时大人很少干预或没有干预。家长和学校之间要有很强的联系。此外，同克里斯多夫的生活故事相适合的，还有学校的格言："我是，我可以，我应该，我会。"

克里斯多夫在大约八岁的时候发现了木偶，似乎从那时开始将木偶戏作为一项终身职业。

在小学，克里斯多夫七八岁时，一个同学：

> 有一个挂接的小娃娃……我真的很想要这个……这是个有活动关节的小人像，我很喜欢这种有活动关节的小人像，这个小人有……我想它有活动的关节这个事实，是我喜欢它的原因，我喜欢能够移动它的这个事实。所以，它不只是一个泰迪熊，你可以移动它并且能够改变它的
> 101 某些方面，我想从那时候开始我可能已经开始萌生出了想要通过使用外部物件将自我映射在外部世界之中……我感到从早年的那些可爱的小物件中我发现了一枚种子，并在我的内心深处埋下了这枚种子，就是那么个小小的人像，那个小赫尔夫内克（Hrvnek）的形象，那么可爱，它穿着

> 厚底木屐，是一个小小的捷克斯洛伐克人，而且，我想匹诺曹，匹诺曹就有那样小小的活动的腿和其他身体部件，我想我就是喜欢这些。我觉得就像是有某种东西，把这枚种子带进了我的身体。

到了9岁或10岁时，他“明显地对木偶充满激情”。他意识到他能够通过他的木偶“清晰地表达生活，当然木偶不是活的，我知道这个，但我能让他活起来。我很快就从我的小玩具骡子松饼(Muffin the Mule)那学到了这一点”。他回忆说，在那么小的年纪，木偶戏：

> 赋予我所有的古怪和奇幻，它似乎满足了当时的我作为一个人的很多需求。我想木偶戏所具有的古怪、奇特、忽动忽静且嬉皮笑脸以及其他所有的特质，在某种程度上都投入了很多我的东西……所以，我在那个阶段发现了一些非常重要的东西，它把我带到一个轨道上。

但这只是一条通往某个地方的轨迹，而不是要获取的明确目标。此处有矛盾。

> 大概12岁的时候，我经常，在……图书馆，正好在书架的底部有一个木偶的专门分区，是关于木偶的，它正好在书架的底部，所以你能坐在地板上享受阅读时光，那真是太棒了，因为你能够和你喜爱的那些小书亲密接触……有本书是介绍木偶师的……书里有很多他的木偶的照片，我记得我当时在想，我就是喜欢这些木偶，喜欢它们的美、它们的工艺，我在想，如果我能做出那样的木偶该有多好啊！

从大约9岁开始，克里斯多夫开始参与到支持木偶事业的活动中：

> 有一个清单，上面列着我在少年时代做的事情，都是关于舞台表演以及我现在从事的那些事情的……我认为这太了不起了，当我看我带来

> 的这个清单时，我是怎么，你知道，从零开始，我，我做的那些都没有老师教，你知道，我根本就没有任何老师……在 11、12、13 岁的时候，我把整个木偶事业、整个生活方式都放在一起了。我知道就在那个时刻，从那时开始，木偶事业就从我的青少年时期一直贯穿我的一生……我让自己走上了一条真正努力工作的轨道……我所做过的事情……项目……有
> 102 很长的一个清单。我觉得我真的在朝这个方向努力，所以我感到，我真的很努力，在我的处境中去放下一些东西，创造一些东西。

因此，克里斯多夫回忆的大多数叙事活动都是内在驱动的——有连续的证据表明他内心充满了密集的内在对话。因此，克里斯多夫与他人的关系并不明朗，"与人交往时，我没有话说，没有办法与人交往，我很害怕，我很焦虑，呃，我有点与世隔绝"。

在学校，克里斯多夫探索自己与男生和女生的关系。在艺术学院：

> 我在那里有个女朋友……我们一起经历了很多很大的冒险。探索异性恋或同性恋。我的意思是，我知道在学校里我喜欢，我不知道我是否应该说这个，但是我很喜欢与那里的男孩有性接触。我相信有很多孩子都那么做。无论如何，我是这样做的。但是后来，我开始探索异性恋，你知道，我遇到这个女孩……女朋友，我们尝试各种各样探险，而且那也是和性有关的……我想这是我在学习一对一的关系。

在他母亲去世之后，克里斯多夫发觉自己处在"糟糕的混乱中"。尽管他已经处在一段恋爱关系之中，他遇到一个信爱尔兰天主教的男同性恋，并与其相爱。他让他们的关系任其发展，并且可能是有生以来唯一一次，甚至已经准备好要为了爱情放弃自己的工作。最终，克里斯多夫发现自己独自生活，他开始选择不同的行动步骤，使得他从原本的害羞和焦虑的生活阶段中摆脱出来，但这样的行动步骤到克里斯多夫 30 多岁的时候才发生。这其中包含了强化的心理治疗，虽然后来他不再参加定期的心理治疗，但他选择了参加心理治疗工作坊，而且他最近

找到一个合作咨询师帮助他，通过他的故事让他的生活恢复正常。

在“学习生活项目”进展的过程中，克里斯多夫的长期伴侣因为另一个男人而离开了他。

> 因此，我现在想做的一部分事情是，确切地说不是重新创造我自己，而是重新发现我自己，就像一个加引号的“单身男人”(Single Man)。你知道，也许我很快就又会有一个伴侣，但是可能我会，你知道，我想知道现在要做什么，这样做……感觉就像我有，相当，多的能力，所以，这感觉像，嗯，我，可能是有勇气等待并发现它现在要往哪里去。

不仅仅是他的伴侣离开了他，而且他和一个老朋友之间的分歧导致了友谊的破裂，另外一个多年的朋友患病死去。克里斯多夫发现自己再度陷入孤独，就像童年时期那样。

克里斯多夫：我现在暂时居住的地方的人对我很好，非常，额，支持我，但不是朋友，我只是因为暂住在他那里才认识他，而且我打算买一个新的公寓，感觉是一个大的公寓，以某种方式重新开始我的生活。以一种新的方式，没有 103
伴侣，没有我生命中非常重要的两个人。并且，我，有时候，我想那些事情在告诉我什么，生活在邀请我下一步做什么。这就是学习。

访谈者：那么你得出什么答案了吗？

克里斯多夫：那时我的感觉，非常的强烈和清晰，那就是我几乎只需要把所有这些东西都藏在心里，然后等待。我确实有这种感觉。它就像，就像在我体内的一个罐子或碗里。它不是烹饪，只是放在那里，呃，我，以任何方式的预先处置都是错误的。我觉得那里有很多东西，如果我有耐心，有力量去容纳它、保持它，我会变得非常丰富。

但是，这并不容易，因为这是孤独的，没有那些人也没有我曾经的家，你知道。所以感觉[停顿]，非常的情绪化，真的。

这种暂时的孤独状态“有点像我现在参与的这个课题，嗯，就像是在独自探索生活”。

我的整个生活发生了变化……感觉就像我，我真正找到一个新的克里斯多夫。不是一个新的，新的克里斯多夫，嗯，不，不是一个新的克里斯多夫，因为，嗯，显然，我想克里斯多夫还是同样的，但是，这就像一种新的方式，一种新的，感觉就像我生活的一个新篇章打开了，而且，我，我开始了这个新篇章，并且，在未来的书页上什么也没有写。我想，在我与以前的伴侣分手的时候，后面生活的篇章的确还有东西在上面写着，因为我有一个往哪儿去的计划，生活将会是什么样的计划。但是现在，我没有，我感觉我现在已经被生活穿透，并且我感觉我又浸泡在生活中，而且我感觉像是，嗯，为了给自己一个最大的机会，搬到下一个地方。那就是我感觉到的……我感觉此时我是开放的，那感觉就像，嗯，我可以再看看我可能不曾看过的许多地方……我对从任何事物中浮现出来的东西都更为开放了，不管是在我面前的还是在我周围的。

他的一部分自我想要找到一个新的伴侣，并且进入一段新的关系，但是他觉得，如果不再独处，他就会“逃避一些非常重要的事情”，所以他：

面对这样一个事实，即我感到我终将彻底的孤独。绝对的孤独，并且，这有些，让我想到死亡……我的确认为，我们彻底经历的孤独是死亡的经历，而且我觉得，也许此刻我也在体验着某种死亡的经历。这是一段关系的死亡。我想在某种意义上它就好像生命的死亡一样，我感觉是这样[停顿]，今天早上我就想，在我起床的时候，我在想在我生命中还有多少没有完成的计划，许多未完成的计划，而且我想，好吧，也许我的生命就是一个未完成的项目。也许在我生命终结的时候，它将会是一个未完成的项目。

在接下来的一次访谈中，情况又发生了变化，现在的他处在一段新关系之中，感到舒适、健康并充满活力。 104

克里斯多夫的故事最后看起来像是对灵魂的完整、智慧和正直的追寻："在我的一生中，我被孤独的生活、僧侣或隐士的生活所吸引和诱惑。我总是觉得那非常的美。"

当克里斯多夫成为一名木偶师之后，曾有一段时间的工作是关于圣徒的：

制作圣徒的故事，是这样一种事情，我想是在，它，它实际上是在一个人的自我中寻找圣徒……寻找那种纯净，嗯，那种不可思议的奇迹般的特质，我想我们每个人都有，我也在木偶中看到了这种特质，木偶的简单之中自带着神圣的特质，它当然也有相反的东西，它也具有……邪恶的东西。而那就是阴暗面，而我也有那一面。

在他 30 岁出头的时候，克里斯多夫：

那时尝试进行精神修炼，你知道，我尝试冥想，我打太极，我广泛地阅读，尝试做各种事情，我还开始去教堂，我尝试去做不同类型的精神修炼，但是我是间歇性的，一会做点这个，一会做点那个，然后我，哦，有一天我突然想到，我要这样做，你知道，为什么不，为什么不做，把……？我经常在做的一件事情就是我的工作，我的艺术。我做那个毫无困难，我不会停止做那个……为什么不把两件事放到一起，让精神的修炼和工作相协调，无论如何，生命只有一定的期限，而且可能没有时间做所有其他事情，也许我们必须要做一些贴合的事，那就是我当时所想的。

现在，克里斯多夫已经60多岁了，他开始反思他的生活计划、生活轨道、生活追求和生活目标。

他相信每个人都有他/她的生活“轨道”：

> 我认为轨道不是你决定的东西，我认为它是几乎从你出生的时候，发生在你身上的事。（它）与因果报应及所有这些东西有关，它与那些东西有关，它不是，我实际上不相信宿命论，或者，或者，但是我，我认为在轨道的力量中有一些东西，并且我不相信，我不相信人们没有轨道。
>
> 他们说每个家庭、每个孩子都被放到一个生活轨道上，你知道，我想这有点像家庭拉开了弓，孩子在箭上，把箭指向某种轨道，然后放开弓，孩子随箭而去，然后，孩子的余生不得不在父母已差不多确定好的轨道上度过。

但是克里斯多夫也觉得有必要做点什么来应对困难的境况：

> 我不认为我一出生，嗯，就是一个罪犯，或者是一个，我不认为我曾
> 105 是，尽管我曾是，你知道，当我路过坐在大街上的某个人，你知道，带着一个乞讨的碗，我的确感到是那样，但是出于上帝的恩典，我的确感到如此，我感到你只离我那么远，我只离你那么远，我知道你在那里，但是我现在也知道了，这像是基督徒信仰的东西，你知道，嗯，不管这是什么，治愈你自己，不，这是什么，拿起你的床，上路，而且我知道那是什么，我知道倒在大街上讨钱和起来在生活中上路之间的区别是什么。我有时感到，当我看到那些人时，就好像在说，起来并上路，走起。
>
> 我觉得我总是想好好利用我的生活，但感觉不是这样的，因为我觉得生活不是一个我能够制定的计划，它像，我感觉它像，我想做的是，它有点像你走进大海时，你冲着海水往前推并感觉到，逆着水走出来，当你走进更深的水域时，你感觉你在推着水，穿过水走向大海。这跟我感觉

到的有点像，我和生活的关系，就像我冲进了生活，我不能确切地说它在哪里，在哪里或者是什么，但是我感觉这是我，我向往已久的，想要做的，就是迈出下一步走进大海，或者不管那是什么，感觉有点像。

我的意思是，我的旅程似乎是走向某种圆满，某种完整，某种与自我和这个世界的亲密无间。

克里斯多夫的故事是一个统一的、完整的、超越世俗的生活。他用他的木偶作为：

某种粘合剂，不是水泥，是某种联结因素，它们能够扮演任何角色，我能够做，我现在觉得木偶[发出哔哔声]，但是木偶，就像是它们能够，我现在明显觉得木偶是我的一部分，你知道，它们是我灵魂的碎片……我从没有对木偶动摇过，我从不想那样做，我从来没有想做其他事情的感觉，从没，从没，从没。我知道有些人开始做某件事时，会说，“哦，我们放弃了”。有时，我在想，最近我也想，嗯，也许将来会有那么一个时候，我不想再干木偶这行了。我会做别的事，我会超越木偶或其他事情……但是你看，如果我退出来，而且我有时会，我曾想过，嗯，我将会做某些事情，比如做音乐或者做其他什么事情，木偶的那些东西又会卷土重来，一旦我退出了，我随后又会重新回到木偶的世界，继续重整一遍，它就像是一种财富，不断丰富着一味汤，木偶之汤。

询问他在暂时停止工作之后，是否对自己再返回木偶业而有所怀疑，他回应：

从不，从不，从不。从不，从不，从不。但是最近我想过，嗯，可能会有那么个时候，当木偶，我不再做木偶了。我一直以为我死前总会有一个工作室。偶尔我也会想，也许直到我死前，我也不会需要一个工作室。我不知道那意味着什么。也许我会找到超越木偶的方法。但是现在，我
感到在我和它们的关系中有好多的养料，如此的丰富，彼此滋养，它们提 106

供给我的和我提供给它们的，它们不仅已经成为我的事业，更是促成了我个人的发展。

他觉得他已经把他的艺术和精神的旅途结合在了一起，尽管他在整合自己和自己职业/精神之旅的关系中不是很成功。在他的当下关系中，他感到这可能会发生变化。

的确，在对克里斯多夫的最后一次访谈中，他的观点开始产生明显的变化。他最后开始评估自己的生活计划——以及那一部分被他排除在外和封闭起来的自我。持续的合作者的最大优点是，在 4 年的研究项目的过程中，可以看到生活路线和生活周期的各个方面。他强调，他将在一个"和我们开始时不同的地方"终止：

是的，它在某个时刻来了，对我来说是一个巨大变化的时刻，并且也是我认为变化正在发生在我身上的时刻，而我之前不知道这会发生。我想，比起我们刚开始的时候，我现在真是在一个不同的位置了。而且，我认为这些访谈也成为整个过程的一部分，它们在某种程度上，或是丰富了这个过程，或仅仅是，嗯，折回了这个过程，现在阅读这些东西对我来说受益匪浅。

访谈者：我这里有两个问题，我的意思是，第一，你说这是一个变化的时期。如何比较它和你经历过的其他变化时期，因为你已经经历过好多转型期了，不是吗？

克里斯多夫：是的。我认为最大的一件事是，整个艺术现在在我生命中首次被质疑了。你知道，我当一个艺术家的想法，做一个艺术家意味着什么，在我们的访谈中回顾了许多以前的事，我在那里谈到了我当艺术家的原因，还有你那令人惊讶的[停顿]，哦，那叫什么来着，形成金子的东西，变成金子的东西……炼金术？

访谈者：炼金术，是的。

克里斯多夫：炼金术。我的确想这就是发生在我身上的。并且，我想，我想，嗯，我想贯穿我的生命，我运用了我的整个艺术，我已经把它当作一个逃离的小窗口，一件事情变得艰难时可去的地方。我想在那里，尽管我认为我有一个真正的，真正的职业，我确实认为作为一个艺术家我能有所贡献，我确实认为我是一个真正的艺术家，但是，我也认为，经历过那些，我实际上也错过了许多事情，或者有点逃避对许多和艺术无关的事情的承诺。

访谈者：给我们讲讲。

克里斯多夫：主要是和关系有关。

访谈者：你能给我们详细讲讲吗？不过，是什么类型的……？ 107

克里斯多夫：主要是关系。

访谈者：你认为是如此吗？

克里斯多夫：是的，我以前已经说起过了。

访谈者：你以前说到过。

克里斯多夫：我曾说过我总是，你知道，如果我和你在一个关系中，那么我总是知道，只是在我的意识中[咯咯笑]，我的工作室就在那，所以如果你让我失望，如果你是一个逃避我的人，如果你做了我父亲所做的，我可以躲到我的工作室。我一直有这种感觉，去工作、去工作，我一直用工作的方式来逃避，而现在在我人生中第一次似乎不需要那样做了。这似乎不太一样。

访谈者：你为什么认为那是不同的？

克里斯多夫：我认为这与我的最后一段关系有关，当我们第一次遇到时，我与那个最重大的关系断裂，或正处在断裂过程中。

访谈者：我想那是第二次访谈，是的。

克里斯多夫：是的，那时我，我想我受到了连续打击，我只是，嗯，不管那是什么，你知道，当你受到打击时那是什么，而我不知道发生什么了。但我现在意识到那是一个巨大的变化，这感觉像是。谁知道，那可能不是，但是这感觉起来就像是，而感觉好像好多事情都需要重新评估，我生命中做过的所有的事情。这让人感到有点悲痛，因为我现在65岁了，而我在想，好吧，我在想还有许多的工作，我有好几箱木偶，它们都是我全身心投入的未完成的任务，你知道，我可能已经告诉过你，有个我做过的剧目，我几乎制作了整个系列的木偶，大约四英尺高，但后来我断定它们都太大了，所以我开始把所有的木偶削掉原来的一半尺寸，你知道，而它们都在箱子里，因为我从一开始，到最后都从没有完成那个任务。

访谈者：让你有这种感觉的是什么？

克里斯多夫：我想我所说的是，我想［停顿］，我作为，我的艺术，我作为一个艺术家的存在，曾是生活中我跌跌撞撞的一部分，或者是我现在生活中跌跌撞撞的一部分，而且，嗯，所以有许多未完成的项目并不令人惊讶，我所投入的事情，是正确的所在吗，是这个地方吗，就好像是这个地方真的会发生什么吗？

访谈者：你以为真正会发生什么事？沿着那些路线走下去，你在寻找什么？

克里斯多夫：我想在某种程度上，我想成为一个伟大的国际知名的艺术家，我回避了这一点，我不去想它，这削弱了我作
108 为艺术家的身份，因为我想我是真实的、真正的自己，但是一部分的我又喜欢那个在木偶界神气十足的我，“我喜欢”，是的，“我很喜欢”，人们认识我，人们，“哦，克里斯多夫，哦，对”，就是这样，你知道，那样感觉很好。但是我想有一部分的我会喜欢那样。但是那样也

是以某种方式向所有我的过去、我的家庭宣言，你知道，看，我不需要你，这是我可以做的，你知道，我可以做这个，看看我做得多好，看，每个人都在谈论我，而你们没有。所以，有点那个意思，有点……

访谈者：所以，这部分是对自主性的寻求吗？那么，我的意思是，这是一个我们在很多事情上都用过的词，就是当你说这是一个安全出口，如果有人让你失望，你可以到那里去，是吗？我的意思是我们力图弄清楚你想要探寻的是什么。

克里斯多夫：在工作室里也有很多的悲伤，我开始发现这一点。工作的时候我很孤独，因为那是一种孤单的生活，我独自面对自己。而我喜爱和人们在一起，我喜欢和我爱的和爱我的人在一起。所以你的问题是？

访谈者：这是关于自主性的吗？

克里斯多夫：自主性？

访谈者：你知道，在某种意义上把自己与其他人分离，那是最初的探寻吗？你是在质疑自己最初的探寻吗？我想这是我想问的。

克里斯多夫：我想确切地说这并不是自主性，因为我认为关于安全出口，我感觉，我现在仍然感觉，在艺术的过程中有一种强烈的爱的感觉，我感觉这有点像是，在某种意义上，是替代性的爱。我想因为木偶不会拒绝我，所以如果你拒绝我，我会去那个产生爱的地方。

访谈者：但是你在控制它。

克里斯多夫：但是我，我是在控制它，是的，我控制它，但是我的确感到有这个共鸣，因为，正如我在别的访谈中说到的，我认为真正的艺术作品，是的，它是被艺术家所控制的，但是在某种方式上，它没有被控制，因为它是沿着没有事先计划的路径上的探索自然而然发生的，所以，它不是，它不是，嗯，你知道我的意思吗？这就像……

访谈者：我知道，是的。

克里斯多夫：有一个要素，很大的要素，哦，哇，那里，我们已经在那里了，你知道，并且不同，那是非常不同的。所以，有那个要素。所以并不只是有关自主性的问题。而且我感到越来越不是自主性的问题，我在质疑整个事情，在我的心理治疗中我已经做了好多年了。我并不是在质疑他们曾经非常珍贵的这个事实，但是我感觉似乎我想要去的空间，有点，越来越不那么重要了，我感觉现在的我想要去一个更深的地方。心理的治疗，看起来是
109 起作用的，对我和对社会而言，你知道，重组了我的生活让我可以发挥功能。而且我认为我现在跟克里斯(Chris)的新关系，我已经说过好多次了，我认为这几乎，可能是因为我们的谈话，或者是因为我所经历的这整个旅程，我感觉现在我没有把艺术当作一个逃生出口，我现在实际上也没有在创作。

访谈者：不创作是悲伤本身的根源吗？

克里斯多夫：不，这不是。我的意思是，是的，这是个艰难的事，因为我已经习惯了，而且很难改变，就像他们说的，创作、工作，你知道，我，我是一个工作者，不是严格意义上的工作“狂”，但我是一个工作者、生产员，所以我想有那么一种感觉，就是我应该工作，我应该生产一些什么东西，如果今天没有什么东西可以表演，你知道，如果我今天没有东西可以展示，那么也许今天就不存在，你知道，那一天，我就没有真正地付出全部，或者是，你知道，没能证明我自己。

访谈者：你是否曾经有过这样一个时期，当你们的关系很幸福

时，你可以暂时放下你的那份执着？

克里斯多夫：嗯，是的，我想知道[停顿]，我在回顾和阅读这些访谈记录，我看到，我真的不知道是否有那样的时候，我不知道是不是在我小的时候有那样的时候[停顿]，你看，我现在看到，我实际上，我想我已经极大地否认了我的性倾向，不是我的性别方面的性倾向或其他什么，而是我是一个很性感的男人的事实，我在很大程度上否认了它，而且我把它放在一个非常重要的位置，那是性，这是精神，这是艺术，这是爱，我把它们两个分开。感觉我现在已经不那么做了。

访谈者：那么，来说说你现在在工作室里的悲伤的事。

克里斯多夫：那是寂寞。

访谈者：以前从来没有面对过吗？

克里斯多夫：每次走进工作室时我都会面对。

访谈者：你总是觉得那是寂寞的吗？

克里斯多夫：我认为我总是那么想，但是因为艺术产品，那些制作出来的东西所带来的美好感觉，真是非常的好，你知道，我知道那个，所以，我感到当我完成那些时，我会认为那是种补偿，但是，是，我想我，可能我否认了寂寞。我想我否认了它。

访谈者：那么为什么你现在能面对它，我的意思是，那才是有趣的，不是吗？

克里斯多夫：[叹气][停顿]是的，我不知道为什么我能够面对，为什么我现在能面对它？这感觉像是，我已经，可能，可能
这感觉像是到目前为止，我已经试过各种方法让它起 110
作用，你知道，关系，我作为艺术家的工作，我的职业，我生活中所有的东西，而这恰恰有点不起作用。和罗比(Robbie)分手的事情是件大事情，因为我真的感到

那是件大事。而现在，回首看这件事，我想我认为那段关系会是永久的是一个多么疯狂的念头，你知道。你知道，有许多，现在觉得我们分开是非常正确的。尽管在那个关系中还有许多我们没有理清和没有谈到的事情。是的，我们依然深深地爱着彼此，但是在那个时候，我们没有理清事情，嗯，我总是跑题，然后就没了思路。

访谈者：唯一的问题是，你知道，你说你面对工作室里的寂寞，寂寞，在某种意义上是创作的寂寞，但是我的问题是，你曾在以前面对过那种寂寞吗？

克里斯多夫：没有过。

访谈者：没有。

克里斯多夫：我想我没有过。在某些地方，是这个词升华了，它存在于作品中、工作的满足感中，以及那种"当我从工作室出来时我应该把作品带出来，而人们会因为我的作品而爱我"的感觉中。这几乎就像是，如果你现在不爱我，我回到那里并且创作出一些东西，然后当我把那些东西带出来时他们会爱我。所以，在工作坊中有一种爱的大量输出与宣泄，而且我想这部分是为了赢回爱，当人们说："哦，看这个，多聪明啊。"那是小孩子们的做法，我知道那来自我的青春时代，你知道。

克里斯多夫，通过他的创造力和创造性的自我建构，不断地发展他对自己和社会环境的理解。他依然充满活力地参与到"成为某人的过程"之中。和其他聚焦型阐述者一样，并且与在第五章中重点刻画的伊娃·弗洛伊德一样，他发展了一个开放的叙事，使他能够追求成为某人的过程："我的旅途看起来是朝向某种圆满，某种完成，某种与自我及与世界的亲密无间。"克里斯多夫运用并且部署他的叙事，从而发展出一个对行动步骤和学习策略的开放的描绘。他谈到在不同阶段会有一个“新的自我”浮现，“一个新的克里斯多夫”。他准备好追随这个过程直至得出结论，从而质疑并最终重新定位他的工作和他生活中的关系。和多重型描述者一样，其核心的脚本曾是一个救生筏，但是，克里斯多夫已经运用它去追求一个终生旅途，走向完满和转化。在他生命的后期，他明显地更加关注关系和社会性，而这是一个从他的家庭起源就开始的漫长旅途。他把这些转化概念化为一个“新 111
自我”的出生，在这个项目对他观察的四年中，可以清楚地证明这一点。在下一章，我们考察重塑自我的概念以及它对我们的经济和社会前景的启示。

在最后几章，我们专注考察我们对于叙事类型的研究可以揭示的能力，即关于和快速变化的当代弹性经济世界与技术世界进行协商的能力。哪种叙事类型最为适合消费世界、推特和博客圈，短期契约和连续短期职业的世界，短期主义、即时性和经济移民的世界？

这看起来是一个重塑自我将成为紧迫而持续的要求的世界，需要部署和运用叙事资本来完成任务。聚焦型阐述者的确看起来为这些可能的社会和经济前景做好了准备。他们界定生活主题的能力可以清楚地显示出来，即界定那些描绘行动步骤、新的身份计划以及关系的生活主题。他们的较高的叙事资本，意味着他们在新叙事的自反性定义中和使用这些叙事资源回应转化和关键事件的过程中更有经验。克里斯多夫在新的转型中对新自我进行概念化的事实——一个“新的克里斯多夫”——表明了他对这一过程的敏锐察觉。在他面对向老年阶段的转型时，他愿意质疑支撑他早期叙事的假设和职业。正如我们前面提到的，退休和衰老给大多数人的生活带来了翻天覆地的变化，并且我们可以看到熟练的阐述者运用他们的叙事资本设想新的行动步骤和新的身份计划。在后面两章，我会进一步推测叙事活动类型对新的社会和经济前景的启示。

第十一章　自反性、重塑自我和混杂性

在前面的章节中，我们已经看到了不同的叙事风格是如何塑造不同的模式，来描绘自我和身份的。但是，我们必须小心，不要高估叙事类型和自我模式的连续性和稳定性。显然："自我在一个人的生命中任何一个特定的时间或阶段，是或者可以是许多不同的东西。"（McAdams，2001：116）因此，我们对自我的叙事类型本身是变化和不连续的。

社会分析中一个持续的争论是关于这种变化和不连续性的程度。后现代理论学者倾向于这样一种观点，即每一个身份项目都是由一套不断变化的多重叙事支撑的。有些人反对一致性和连续性冲动的存在。他们认为叙事很少提供形成自我和身份的连贯基础的综合叙述。

这种观点可以在一些研究报告中得到证明，当然，生活故事讲述者有时会在详细阐述者和脚本型描述者之间转换。我们并不是描述纯粹或绝对的类型。有时候，我们似乎在很大程度上参与了对连贯性和米勒之前所描述的"成为某人"的叙事感觉的探寻。而在其他时候，我们则处于一种平衡的状态，更关心在一段时间内"存在于"或"在生活中实践"一种脚本，或是自我创造的或是由社会提供的。

然而，在我们主题范围广泛、时间跨度长的访谈中，生活故事讲述者似乎确实遵循了一种占主导地位的叙事性。在多数的访谈中，大多数时候，详细阐述者试图阐释和理论化他们的生活，而描述者基本上保持着他们所描述的可辨认的和相当稳定的脚本。

但是，在一些案例中，在不同（叙事）类型之间移动可以非常明显地被看到，对一些人而言，并没有一个主导的类型。虽然他们代表的是一个很小的群体，但是界定这些"混杂型"（Hybrid）叙事者很重要，因为他们开启了关于叙事风格是如何发展以及对许多人而言叙事风格是如何变得根深蒂固的讨论。

在混杂型叙事小组中，我们看到一群人有时是自发的，有时是受引导的，在连续的年龄和发展阶段中，在描述性叙事和阐述型叙事之间移动。我们可以看到，年龄和社会位置在具有情境性的叙事中发挥着重要的作用。叙事性可能在结构
和能动性之间起中介作用，但社会定位的作用是显而易见的。社会位置与资源和 113
设备相关，而这些东西允许不同种类的叙事性浮现并得以巩固。

因此，对我们称之为“混杂型叙事者”(Hybrid Narrators)的这一个小群体进行详细的探讨是有价值的。他们以例证解释了支撑不同种类的叙事的社会复杂性。我们不会按照马斯洛的模式而称其为叙事层级(a Hierarchy of Narrativity)，然而，肯定存在一种模式与社会关系的地貌相关。这一点特别在阿曼德(Armand)的生活故事中得到了充分的体现。

阿曼德是一个吸引人的案例，因为他生活中的主要转化与四年的研究时段相一致，就在他要在一个新的国家——英格兰——从无到有，开始他的新生活之前，他接受了关于他出生国的访谈。在整个访谈的过程中，他把这一过程讲述为“重塑自我”。我们可以通过他的叙事看到他所经历的人生阶段。他并没有像他的父亲那样成为一个传统的部落领袖，而是认为，通过发起一场政治激进主义和持不同政见者的运动，他的部落的利益才能得到最明智的服务。

他的叙事性和自反性甚至可以在他来到英格兰之前的时期就能看出来。随着他父亲的离世，他作为东非一个部落首领学徒的剧本被改写，他开始想象其他生活和面对不同的现实。“我现在走向了现实生活。”他说。在这一时期，他“总是思考”并且定义新的行动步骤。基于他自己对国家所持政见的不同，制定出一种行动步骤。

然而，这种激进主义是有问题的。他的妻子希望他放弃追求实现他的社会政治抱负，但他依然坚持己见。在一次事件中，他最终因为自己的行为而被监禁。他逃了出来，但是后来发现他的妻子和孩子十有八九都被杀害了。他逃亡到邻国，然后去了英国，在那里于 2004 年寻求政治避难。

这段时期的创伤，让他感到初来英国像是个“婴儿”。这个时候，他的叙事具有高度的描述性，而且集中在基本事实上。这种描述性的叙事同他“只为今天而活”的心态相关。当他深入思考的时候，他会感到非常痛苦，甚至有自杀的想法。

然而，渐渐地，我们在访谈中看到他是如何重新开始恢复自我意识的，“一缕微弱的光亮出现了”，以及他是如何开始重新积极地思考和计划的。“那时我在想如何让自己在思想方面变得非常强大，因为我丢失了一件非常深刻的东西。”于是，他确定了一个行动步骤，一个新生活的“梦”：

> 这个梦是唯一能让我坚强，让我活着，让我保持良好状态的东西。“因为我必须建造它，也许当我建造它的时候，我会忘记所发生的一切”。

从访谈中我们可以具体地看到，阿曼德是如何从描述性的叙事时期过渡到密集的叙事活动和对于行动步骤的个人化的详细阐述的阶段的。我们还可以看到社会情境是如何卷入到不同的叙事图景之中的。而在其他的时刻，阿曼德又返回到描述性的叙事。

114 阿曼德所经历的创伤（父亲的离世，入狱，失去妻儿）已经中断了他对政治参与和转型的宏观叙事的追求，并且在一段时间内，他挣扎着生存下去。刚到英格兰的时候，他就变成了一个更像是生存导向的战略家，使用的是有联系的描述性的叙事。当他稍微安顿好并巩固了社会地位以后，他的叙事又开始转向对他的生活将会是什么样的探寻和梦想。

阿曼德生活中的创伤及其恢复的历程向我们展示了社会位置如何影响我们的叙事。他的叙事从详细阐述的模式转向“只为今天而活”的描述，然后又重新回到详细阐述的模式。

罗兰(Roland)是另一个混杂型案例，但是没有阿曼德所经历的剧烈转型。在阿曼德的案例中，可以认为，正是他生活中异常复杂的创伤促成他在面对多重环境和困境时，发展出了混杂型的叙事回应。这种混杂型的叙事可能更多地来自外部的压力而非内部产生的。从一开始，罗兰说他有“多重的自我”。在访谈中，虽然有一些持续性，但他确实呈现了不同版本的叙事。有时候，他完全是描述性的，另外一些时候，他又是明显的阐述型的。有趣的是，他很少在一个特定的访谈中混杂这些叙事模式。他倾向于不是一个类型就是另一个类型。事实上，他是我们的故事讲述者中唯一的一位宣称他没有本质的自我，而是“只有一系列不同的自我”。

混杂型和多重型的模式，在我们访谈的三个，或者可能是四个案例中，都显示出阶段性变化的特征。但是样本和叙事类型都没有得到很好的表现，任何概括都只能被当作是非常不确定的。可能最为显著的就是这类故事讲述者只是极少数。

当然，有些人在他们持续的身份项目进展过程中随着变换的情境使用多种多样的叙事方式。不仅如此，即便是那些具有单一叙事类型的案例，不管他们是详细阐述者还是描述者，也会随着时间的推移在不同的叙事类别之间产生一些变动。

表 11.1 混杂型叙事

叙事性
▫ 片段式的自反性——想象的阶段和搁置的阶段。 ▫ "成为某人"的过程变得不完全或被悬置。 ▫ "漂浮"的阶段——而不是重新定位核心的身份感。 ▫ 最初的脚本会有一些变化，但是在"成为某人"和详细阐述的阶段，会有片段式的——片段式的自我信念。
学习风格
▫ 在详细阐述的阶段，有一段时间内，这个群体类似于自主性的人们。但是这个时期不会持续很久。 ▫ 在投入阶段，详细阐述会推动学习，但是在搁置阶段，学习会变得更加不投入和/或更加工具化。 重新定位，反应的灵活性和自我及个人发展呼应了这些情景模式。

话虽如此，我们的大多数故事讲述者都会坚持一种主导的叙事风格。正如前 115
面四章所呈现的，这种起支撑作用的叙事类型，对于理解人们如何处理和叙述生活中的转变和关键事件提供了关键叙事类型，为历次事件如何融入生活叙事提供了关键。绝大多数生活故事的讲述者都在寻求连贯性和连续性，而不是拥抱多样件和不断变化的自我意识。或许我们面对的是后现代性的诸多悖论之一，即在一个快速变化的流动和弹性世界中，人们用自己的叙事来提供一个支撑点，在一个快速而又常常令人困惑的变化的世界中，寻找一种稳定感、连续性和连贯性。

这就是人们部署和运用他们的叙事的一种方式。但是，后现代理论家深刻地指出在这个过程中的困境和错觉。比如，在"美国梦"中，你可以成为任何你所梦想、希望或叙述的，正如奥巴马或克林顿的叙事所概括的那样。但是，这种宏大的叙事愿景往往是一种错觉，而且，大多数叙事本身各自都确实包含了相互竞争和矛盾的力量。

同样，在这个快速变化和复杂的世界里，对连贯性和连续性的整体感知很可能仍然是难以捉摸的：因此，我们发现生活故事讲述者所从事的叙事探索是一个漫长而具有挑战性的旅程。

为了展示这段旅程是如何进行的，以及转变是如何以一种与寻找连续性和连贯性相呼应的方式进行协商的，我们将回到在第十章中遇到的克里斯多夫的例子。正是在不同生活事件之间的迁移的时刻，我们可以看到叙事类型的明确和重申。我们在这里报告的研究项目大部分都集中在诸如关键学习阶段（学习生活项目）或迁移（散居者项目）之类的转变上。因此，我们能够观察到后现代生活事件的变迁和流动性。这些转变压倒性地证明了人们在建构和修改他们的生活叙事时，是如何坚持他们主导的叙事类型的。

再次强调，重点是在不同的情境或学习阶段之间的"时刻"（Moments）或者"变动"（Movement）上，或者正如在我们的散居者研究中所呈现的，在不同的国家间。在这些变动中，我们看到了人们如何重新定位他们的自我和身份。麦克亚当斯（McAdams）以这样的方式描述"自我建构"（Selfing）：

> 自我建构的过程包括以一个人独有的方式建构和创作的经验，以及以一种被看作是我的方式来运用、综合、反思和观察经验。随着时间的推移，自我建构建立起并试图整合出我（Me）。
>
> （McAdams，1996：302）

我们把通过叙事建构对自我的重新定位称为"重塑自我"。

116 "生活叙事的再协商"的论点，重新肯定了生活故事讲述者的叙事类型。在很多案例中，如我们所看到的，它们表现了叙事冲动的多样性，并且可能是多重的自我感。正如洛根·芒斯图尔特（Logan Mountstuart）在《赤子之心》（*Any Human Heart*）中所说的："每个人都是我们一直在改变的自我的集合。在我们走向坟墓的旅途中，我们从来都不会永远保持是同样的一个人。”（Boyd，2010）但是，即便这在逻辑上是正确的，但我们的证据却表明，每个人都在持续地寻求一种连贯的、连续的和持久的叙事以及一种主导的特定的叙事类型。

在第十章关于克里斯多夫的章节中可以清楚地看到这种探寻。在这里，我们看到一位生活故事的讲述者在生命的晚期，煞费苦心地分析自己所过生活的成本和收益。他理解为何他花费大量的时间在详细阐述上，但是当他进入一个新的生活阶段并展开生活平衡的新篇章时，他再一次通过聚焦型阐述探寻他的叙事追求。他自己认为，他的旅途中有一种持久而连贯的“成为某人的过程”来作为基点，贯穿其一生。他的叙事提供了对灵与性的开放探索的支柱。用他自己的话来说：“我的旅途似乎是走向某种圆满、某种完成、某种与自己和世界的亲密无间。”

以这种方式理解的旅程，将很可能使用和部署叙事来发挥整合的作用。他对自己旅程的概念化，与他对连贯性和完整性的渴望共同行动，而他的聚焦型阐述，则一贯遵循这种意图方式。

他在最后一次访谈中所描述的“新的早晨”代表了他生活中的新篇章，但他仍然渴望一个连贯的自我能够在新的情境中发挥作用。他谈到了这个正在进行中的“成为某人的过程”，以及一个新的自我，一个新的克里斯多夫，他将在生命的最后阶段继续定义自己，描绘行动步骤，正如他在他所谓的旅程中所做的那样。他将在新情境中“重塑自我”，但他仍将使用已经习惯了的聚焦型阐述的模式来重塑自我。

探索自反性、重塑自我和混杂性这些概念，让我们看到人们开启的叙事旅途的种类。克里斯多夫的旅程是一个“成为某人”的开放叙事。他提供了一个案例，来说明聚焦型阐述如何被运用和部署在生活中的关键事件和变化之中以重塑自我，并且提供了一个寻找某种完整性的综合叙事。详细阐述的过程从他从事木偶师职业的生活主题发展而来，从7岁到现在已经发展了近60年。理解这个生活主题是对他叙事的一个持续阐述；这个叙事允许他“定位”和理论化他的生活。在他的叙事之旅中，他渐渐理解了他生活主题的起源，并且历经一系列时间和地点的变迁而追寻它。这个生活主题，这个“生活理论”，发展了他的自我感和身份感，并且为他适应转变和关键阶段提供了叙事资源；我们暂时将其称为“重塑自我”——

“新自我”，也就是他在那段时间所追求的“新的克里斯多夫”。

通过他的聚焦型阐述，他回应了现代生活的“弹性”需求，并反击了库什曼(Cushman，1990)在消费社会的分析中提到的自我叙事的操控。当克里斯多夫重塑自我的时候，他为每个新的环境描绘了新的行动步骤。

117 多重型描述者也会在这些变迁性的时刻采取行动，坚持对于既定脚本的连续性和连贯性的信念，作为他们保持叙事完整性的支点和来源。他们也遵循开放的路径，但是他们会使用封闭的脚本，这些脚本是预设好的，聚焦于“存在”(Being)而不是“成为某人”。他们的生活提供了开放性和流动性，但是对于封闭性的既定脚本的接纳，为他们自己绘制了清晰的行动步骤以及相应的身份计划。乔治・约翰逊(George Johnson)，我们的另一位生活故事讲述者(Goodson，1996)，欣然接受了我们在其他地方提到的“奖学金男孩”的故事情节。在 50 岁的时候，他发现自己在一个新国家——加拿大，他移民过去想要重新开始的地方——仍然遵循着同样的故事脚本。但是他的这个新开始，这个本可以重新讲述故事的地方，却运用了同样的奖学金男孩的叙事。在他的生活史的访谈中，他开始“定位”这个脚本并且努力地理论化自己的生活——这个过程中他一直不断宣称现在“为时已晚”。他说：“我感到非常沮丧，我意识到生命已经过去。我被本来可以是什么样的想法折磨着。”他的核心梦想是成为一名教授或一个知名的人物，能够在家乡中美洲国际机场的当地广播网上广播。他感到，这个梦想“驱使他前进”。但是在 56 岁的时候，他看到追求这个故事脚本显然是毫无意义的；他可能会获得他正在攻读的博士学位，即便如此结局也只是让他在异国他乡处于失业的境地。脚本的封闭属性不能提供灵活性，也没有切实可行的行动步骤。

> 我现在把生活的旅程看作是一次从自我，或从命运起飞的航班。只有上了大学，才能证明我到达了机场……[现在]……我真不知道我是否希望生活在一个文化所提供的生活脚本中。

空想型阐述者虽然深入地参与叙事和阐述，但是并没有发展出开放的行动步骤。较高的叙事强度是重复的，因此也是封闭。叙事和阐述在不断发展，但却是以一种循环和重复的方式，一遍又一遍地聚焦在过去的相似事件上，却从不把这些事件整合为一个叙事，使其导向自我的开放探索和“成为某人”的过程。

脚本型描述者具有封闭的叙事和封闭的行动步骤。从生活早期开始，就接纳了一个故事脚本，为所有叙事结构提供了关键。这个脚本可以提供满足感与连贯性，但是只有在一个稳定不变的环境中效果最好。变化和突发事件对于封闭性的叙事而言是巨大的挑战。正如在约翰和梅的案例中一样，由于缺乏灵活性，他们面临着重大的生活挑战。由于在叙事建构的持续进程中缺乏训练，重塑自我看起来是非常困难的，回应的灵活性也受到限制。

在最后一章，我们探索叙事性、学习和灵活性的相关议题。我们特别关注这些议题——在近二十年间出现并巩固的新经济秩序中——将如何为人们服务。

第十二章 叙事性、学习和灵活性：面向叙事的未来

从某种程度上说，从描述到详细阐述的范围涵盖了从对世界的更真实、白话的叙事到一个更理论化或反思性的视角。理查德·霍格特(Richard Hoggart)曾经以自传的形式写到过这种冲动，他认为这是一种将自己的生活理论化并以不同的方式对其进行想象的能力。他把这描述为一种与他所成长的阶级社会相关的现象：

> 几乎所有的工人阶级都习惯于生活受制于接连不断的事件中。如果突然袭击有某种模式的话，那就是出生、成长和死亡，是四季和一年中的主要日子以及每周的薪水。工人阶级的生活长期以来一直被事物、事件和人的现实性所主导；一个无序的现实性。
>
> 几乎所有工人阶级的生活——所有阶段的生活——所躲避的，或者，更好地说，没有意识到的是，智力模式的塑造，对时空习惯的概括，以及把这些概括收集起来和做出冒险的判断[……]对它们进行概括是奇怪的，而且可能是令人不安的。
>
> (Hoggart，1990：213 - 214)

霍格特很精彩地阐释了自己的生活，他写到了他理论化自己的生活以及看到生活所处情境的能力，在我们的术语里，我们称之为定位生活的能力。最重要的是，参考他对于工人阶级生活特征的刻画，他将自己的特例性看作是一种向日复一日的常规生活以外寻求意义的推动力(Hoggart，1990：89)，一种理论化自己生活的能力。

这种“理论化”和“定位”我们生活故事的能力可以为灵活地应对生活事件提

供高度发达的资源。鉴于对“灵活的”技能和“灵活的”劳动力的当下需求，以及鲍曼(Bauman)所说的“流动的现代性”的效力和流畅性，这种叙事能力，在晚期现代性的全球化背景下出现的社会条件和社会关系中，具有相当重要的意义。鲍曼对当代的场景进行了如下的描述：

> 一种前所未有的流动性、脆弱性和固有的短暂性(著名的“灵活性”)给各种各样的社会联结标上了记号，而仅在几十年前这些社会联结才结
> 合成一个持久的、可靠的体系，可以在其中安全地编织人类互动的网络。 119
> 它们对就业和职业关系的影响特别大，也许是最主要的。随着技能被需求淘汰的时间短于获得和掌握它们的时间，随着文凭的价值相对于学习时所支付的费用每年都有所贬值，或者甚至在它们宣称的终身“保质期”之前就变成了“负资产”，随着工作地点在几乎很少或没有预警的情况下就消失，随着生活轨迹被切片为一系列更短的一次性任务，生活的前景就越来越像寻找难以捉摸的、短暂的和不确定目标的智能火箭般毫无计划地随意盘旋，而不是预先设计好的、预先确定的、可预测的弹道导弹的轨道。
>
> (Bauman, 2003: 91)

在本章的结尾部分，我们展望未来，以便推测性地看到那些可能会影响生活叙事的模式和视角。在一个快速交流和变化兴起的世界里，人们不得不更有规律地更换工作和伴侣，生活叙事的地图绘制本身无疑会作出回应，并很可能转化现有的模式。当然，关于自我的项目和与其相关的生活叙事，在描绘行动步骤的过程中，似乎需要更大的灵活性，可能也需要我所说的更多的有规律的间隔期来进行“重塑自我”。

在马尔科姆·布雷德伯里(Malcolm Bradbury)的最后一部小说中，他反思了对自我的无休止的追求。他写道：

> 事实是，尽管自我可能是一个令人焦虑的东西，尽管我们都不过是

> 在一个即将崩塌的宇宙中，画在沙滩上或波浪边缘的一张脸，那些我们创造和纵容的自我，那个私有的自我、个人的自我，也是值得珍惜的。
>
> (Bradbury, 2000: 426)

虽然他“创造和纵容”他的自我，但是他意识到这个过程的危险和不确定的本质。他不断地被提醒：“生活何其脆弱，我们总是想要紧紧抓住生活的一种状态或意义，但却总是发现它渐行渐远。”(Bradbury, 2000: 411)这就是我们追求的连贯性和学习的悖论的核心，它以不同的方式呈现出来，但几乎总是存在于那里，在我们所审视过的各种生活叙事之中。

生活叙事根据历史时期和文化背景的不同会有很大差异，因此，我们提供了来自不同文化的案例。这导致一些人会认为，“创造和纵容”自我叙事，主要是西方晚期资本主义的功能。例如，格尔兹(Geertz)就曾指出：

> 西方观念中的人是一个有边界的、独特的、或多或少整合了动机性和认知性的体系，一个意识、情感、判断和行动的动力中心，且这个中心组合成一个独特的整体，与其他类似的整体，以及社会和自然背景相对抗……这在世界多种文化的背景中，是一种不同寻常的观念。
>
> (Geertz, quoted by Lifton, 1993: 87)

120 利夫顿(Lifton)对此作了评论，表达了以下观点：自我概念是先于变化(Preproean)的，而且可能在西方的大多数地方也有很长时间没有应用过了。他补充：“自我是多变的，或者与之不同，自我需要一点点内在的连续性和连贯性，都只是从个人自身和文化自身的意义上而言的[……]连贯性的根源可以千差万别。但是所有人都参与其中，不管他们的努力是多么的难以捉摸和不成熟。”(Lifton, 1993: 88)利夫顿评论了伴随现代性死亡剧痛而来的“碎片时代”，而这也是布雷德伯里提出的观点，即在现代性制度和公共空间之中，自我曾在其中探寻它的无穷定义。他说：“我们感到真实和完整，但我们的生活却不是这样，即使我们建造的建筑物或纪念碑也不能让我们免于这种放逐感，这种现代性的内在痛苦。”

(Bradbury，2000：411)现代化进程中的许多宏大叙事和故事线索的崩塌，给人们的身份计划和生活政治带来了巨大的挑战。理查德·塞内特(Richard Sennet，1998)曾在《品格的腐蚀：新资本主义下工作的个人后果》(*The Corrosion of Character：the Personal Consequences of Work in the New Capitalism*)一书中展示了这种新环境给年青一代带来的巨大的挑战。在某种意义上，当他们在寻找意义，并持续地寻找某种一致性的过程中，他们又被扔回到个人的空间和个人的生活计划之中。

塞内特说到了他在瑞士山区疗养胜地达沃斯(Davos)的顿悟，过去几年，他一直在达沃斯参加商界和政界精英的冬季会议。达沃斯世界经济论坛"更像是一个法庭听证，而不像个会议。它的统治者是大银行和国际公司的头目"(Sennett，1998：66)。但是，塞内特在会议议程的核心发现了一个困境，也就是，这一制度在赢得普通民众的"心灵和思想的战斗中失败了"。以一种奇特而又极度令人沮丧的方式，失掉了与其民众的约定和承诺。塞内特评论道：

> 因此当我游走出入于会议大厅，穿梭于豪华轿车和警察之间，或者穿行于村庄街道上时，我觉得，这种社会制度至少可能已经丧失了对那些下层大众理想与情感的坚守。
>
> (Sennett，1998：147)

在研究了新的社会和工作模式之后，塞内特指出：

> 现代资本主义的一个意想不到的结果是：它强化了地域的价值，唤起了对社群的渴望。我们在工作场所探索过的所有情感状况都激发了这种欲望；灵活性的不确定性；缺乏根深蒂固的信任和承诺；团队合作的浅表化；但最重要的是，未能在这个世界上有所成就的幽灵，无法通过自己的工作而"获得生活"。所有这些状况都促使人们去寻找其他有依附和有深度的地方。
>
> (Sennett，1998：138)

121 那么，我们可能会看到的是一个实质性的“背离”的开始，背离集体目标和社会参与的主要场所之一——工作场所，尤其是公共服务场所。这一运动的另一方面是“转向”个体、个人、消费品、特殊利益、私人目的。它不像“没有社会这种东西”或“贪婪是好的”这么直白，但它代表了对个人自我的私人世界的日益关注。

从一般意义上说，这是一种从共同追求和公共目的向个人使命和私人消费的转变。这种对公共目的和共同目标的“背离”，在缺乏合法的道德使命的社会中很常见。例如，在种族隔离时期的南非：

> 许多理智上反对种族隔离的白人旁观者采取了被动的反对态度。他们遁入私人生活，与新闻媒体隔绝，拒绝与朋友谈论政治，并沉浸于体育、度假和家庭等私人生活中。
>
> （Marshall，2001：9）

罗伯特·帕特南（Robert Putnam）在其对美国人生活的卓越研究中，记录了类似的美国公共目的的萎缩。他将 20 世纪 60 年代崛起的作为一股社会和政治力量的婴儿潮的一代与当代的“X 一代”进行了对比：

> 与婴儿潮时期出生的人不同，X 一代的人从没有与政治有过联系，所以他们强调个人的和私人的事物，而不是公共的和集体的事物。
>
> 此外，他们是视觉导向的，永远的网上冲浪者、多重任务处理者、互动媒体专家。就个人和国家而言，这一代人是由不确定性（特别是考虑到增长缓慢、有通货膨胀倾向的 20 世纪 70 年代和 80 年代）、不安全感（因为他们是离婚剧增时期的孩子）和缺乏集体成功的故事（没有获胜的诺曼底登陆和战胜希特勒，没有振奋人心的华盛顿的自由解放的游行，没有战胜法西斯和战争的凯旋，实际上几乎根本没有任何“伟大的集体事件”）所塑造的。基于可理解的原因，这一群体非常地关注内在世界。
>
> （Putnam，2001：259）

帕特南指出，在美国人生活的各个层面，社会活动和公共目的都在急剧下降。用前面与野生动物的类比，全球化的“全球变暖”正在以惊人的、前所未有的速度破坏现有的社会生态。这些变化发生在一代人的时间内，这在人类历史上是非常短的时间跨度。

> 中年人和老年人比起年轻人来，在组织中更加积极，更常去教堂，更常投票，更频繁地阅读和看新闻，更少厌世而更热衷慈善，对政治更感兴趣，也参与更多的社区项目，并且做更多的志愿者活动。
>
> （Putnam，2001：247－248）

帕特南注意到这种变化影响了人的激情、目的和意义的范围；但是，并非所有 122
的社会网络都萎缩了。稀薄的、单链的、互联网漫游式的互动，渐渐地取代了稠密的、多链的、运行良好的社会纽带。我们的社会联结更多地是一次性的特殊目的和自我导向的。

鲍曼将元叙事和公共目的的丧失，以及私人意义和连贯性的丧失，描述为“流动性”（Liquidity）的一个条件。“在持久的承诺中，流动的现代性在持久的交往中窥探出压迫，它看到依赖中的无能”（Bauman，quoted in Jeffries，2007：8）。“结果，”他说，“流动的现代性对浪漫的爱情观念来说，可能是灾难性的。”（Bauman，quoted in Jeffries，2007：8）

鲍曼得出了以下结论，但是它需要仔细分析：

> 在这样的世界里，理性的行为要求尽可能多地保持开放的选择，而要获得一种极为合适的身份认同，一种一劳永逸的能提供“同一性”和“连续性”的身份认同，则导致选择的关闭或者提前丧失选择的机会。
>
> （Bauman，2003：148）

这句话的关键限定语是“一劳永逸”——在重要时期，连续性可能是可取的，但重要的问题是对新挑战的开放性和灵活应对的能力。关键的洞见是理解两种个体性（Individuality）概念之间的区别：一种是确定的和限定性的个体性的概念——孤立的和没有更广泛的集体目标的；另一种是作为自我肯定和与更广泛的社会目的相联系的跳板的个体性概念。正如鲍曼所说，作为命运的个体性和作为自我肯定的实际能力的个体性之间的差距越来越大。在目前这种流动性社会形态的境况下，无论我们是否喜欢（有很多是不喜欢的），我们都会被抛回到自我这个关键的斗争场中。当我们的公共意识被贬低、被解构和被摧毁时，我们就会开始对自我和对可持续的生活政治的探寻。因此，灵活应对的能力、描绘新的行动步骤的能力，以及广泛地追求我们可以称之为“重塑自我”的能力，成了最关键的问题。

在这个意义上，这里所区分的不同的叙事模式对重塑自我的能力提出了不同的前景和挑战。有趣的是，鲍曼最后得出了这样一种观点，要让个性能够激活它自我塑造或者再造的能力，就必须有一种全局性的目标（Overarching Purpose）。他说：

> 折磨当代男男女女的并不是他们无法实现理想所带来的无法承受的压力，而是理想的缺席：缺乏[……]坚定不移而且稳定的方向标，缺乏对人生旅程的可预测的描绘。
>
> （Bauman，2003：43）

再次，这里要仔细解读鲍曼。他并不是说我们需要一个固定的身份，甚至也不是一个连贯性的持续感，而是一种更遥远、更有过程性的东西——人生旅途的
123 一种命运，一种理想，以及一些方向标。当我们的叙事展开，我们重新学习和重塑自我，这为探索提供了一个合理而开放的框架。

在这个意义上，叙事能力问题的关键区别在于人们如何运用开放和封闭的叙事。而这是一个需要分析和理解的复杂难题。我们已经看到脚本型描述者往往在早年就能接受一个相对封闭的脚本，这为他们的角色和日常生活设定了明确的参数。我们也看到，在他们的生活中，这降低了他们灵活应对生活环境变化的能力。因此，他们根据新环境而重塑自我的能力，受到他们的叙事类型和叙事建构的限制。

同样地，我们也看到了，聚焦型阐述者如何发展、部署和使用一种开放的叙事方式，这种叙事在开始时是由个人阐述的，但在不断地发展。用米勒的话说，就是“不断地在成为某人的过程中”(Constantly in the Process of Becoming)。因此，从一开始，发展个人详细阐述生活故事的能力，并与描绘出的行动步骤相一致，成为个人叙事类型的一部分。这种叙事不断地对事件做出灵活的反应，并以一种有规律的“重塑自我”的方式融入人们生活和叙述生活的构造之中。

然而，从描述到详细阐述、从封闭到开放的范围，是复杂的。多重型描述者学习在脚本之间移动，这种移动不仅是概念上的，更多时候是在地理上的。这种流动性本身就需要一种灵活的反应模式，以及在新的社会环境和地理位置中“重塑自我“的能力。每一个被接纳的脚本甚至可能在某种程度上都是封闭的，通过对这些脚本的开放探索，流动性、灵活性和重塑自我可以被接纳、被体验和记录在每个生活故事之中。

与此相反，空想型阐述者“不断地在成为某人的过程中”，在这个意义上说，他们是开放的，但是总是在成为某人的过程中，可以说，他们从来不会到达。他们通常不能“搞定”，无法将他们久经实践和持续地详细阐述新的叙事建构的能力与可实现的行动步骤的描述联系起来。

因此，尽管从开放到封闭的叙事范围，从描述的到详细阐述的叙事模式是有帮助的，但它仍然回避了关于每个生活故事的身份潜力、学习潜力和行动潜力的问题。通过分析生活故事在这些维度的潜能，我们可能会理解个人如何做出调整——重塑自我的调整——以适应新的弹性工作经济中出现的新社会状况。有着固定的社会安排和给定的社会角色的旧世界，正在被快速而即刻变化的世界所取代。新经济秩序和新技术将需要新的叙事回应，在这本书中，我们看到不同的叙事类型将如何对人们应对这些挑战产生至关重要的影响。

叙事性的形式

从第七章到第十章所探讨的对于不同叙事风格的总结是基于对访谈数据的
分析和随后发展的叙事画像发展而来的。通常在我们的叙事画像中，我们将人们 124

的“叙事强度”同他们详细阐述个人故事和描绘行动步骤的倾向并置起来。“故事”这个词涵盖了从“梦”、“愿景”、“自我形象”、“个人神话”到发展成熟的“使命”、“项目”或“生活计划”等各种各样的象征性心理结构。

第八章和第十章介绍了不同的详细阐述的叙事模式。在定义生活计划时，一个群体在“食物链”中处于更高的位置，在某些情况下，还与他们赖以谋生的明确职业有关。这一群人我们称之为“聚焦型阐述者”。“自主”这个词抓住了他们的一些共同愿景：这种从背景和起源中“突破”的冲动，离开预先设定的社会脚本，开创一个新的原创脚本的冲动。事实上，每个人在创建自己的脚本时，在某种程度上都会使用一系列现有的脚本资源。正如一位受访者在早期项目中所说的：

> 我的心灵项目(Psychic Project)总是从“碎片”、“余烬”中学习——这就是我建立自我意识的方式。理想化的愿景、朦胧的感觉、北极星人物、精神导师——真的是点点滴滴，这就是对自我的建构，就像有收集零碎玩意儿癖好的人，像是错乱的建筑拼搭，像是拼贴画，将自我建构成“一件彩色的大衣”。

重要的是，我们可以看到这种自我创造的行为是如何大量利用已有的模型和脚本的。因此，虽然探寻可能是为了自主和独立，在某种意义上，也是为了逃离，但是现存的“社会脚本”依然保持一种控制。

在“学习风格”的相关领域也是如此。一些受访者谈到的学习是传统的和工具性的，利用现有的教育资源。其他的学习更像是真正的“叙事性学习”(Narrative Learning)——与正在进行的对生活故事的阐述和对行动步骤的描述相联系。

后一种学习大部分是叙事性学习，因为它是为被讲述和被叙述的身份计划服务的学习。表12.1总结了聚焦型阐述者的主要特点；此处值得注意的是：一个开放、个人精心设计的叙事是与一个持续的、开放的、灵活的行动步骤的描绘相联系的。聚焦型阐述者的生活叙事最大化了生活史建构的行动潜能、学习潜能和身份潜能。

表 12.1　聚焦型阐述者 125

叙事性
▫ 高叙事性和自反性。 ▫ 个人化的阐述——清晰的个人愿景和详细阐明与可操作的计划。 ▫ 灵活的回应和在整个生活轨迹中精心策划和持续不断的重新定位。重新创造，但是使用他们的“核心身份”作为最终通向“成为某人”的成功通道。 ▫ 高度的个人投入和自我信念。
学习风格
▫ 工具性学习，比如，成为一个音乐家或木偶师。 ▫ 学习还包含自我定义、“成为某人”的过程。辨别和创造自我身份的过程。 ▫ 持续的详细阐述——对上述角色的片段式重新定位。持续的操作化。所有这些都包含一个学习过程。 ▫ 叙事和持续的详细阐述是基本的，而工具性学习紧随其后。学习为核心身份服务。 ▫ 个人发展和自我发展相联系。

第八章中的群体也是详细阐述者，但是我们可以看出他们与行动步骤的发展之间较为薄弱的联系；他们都是空想型阐述者(表 12.2)。就此而言，我们意指高强度的叙事活动很少转化为能动性行为(Agentic Behaviour)——转化为清晰的行动步骤的描绘——其本身又要求承诺。叙事强度有时是巨大的，有时甚至令人恐惧。但是空想型阐述者通常给人一种始终在“旋转他们的轮子”的印象——不停地转圈圈。在一些叙事中，受访者一遍遍地回到早期的问题中——同父母的有缺陷的关系，一场灾难性的离婚——这些早期的问题让受访者感到困惑或者是看起来迷失了方向。这种回应通常是一种持续的叙事重新阐释的形式以及寻求新的叙事身份的尝试。但是，当试图定义相关的行动步骤时，这种持续地进行重塑自我的尝试似乎遇到了阻碍。

在这个意义上，我们称这个群体为空想型阐述者，他们具有很强的叙事强度和能力，但是却不善于界定行动步骤，从而使新的叙事身份得以蓬勃发展并嵌入生活。有一种意愿——甚至是孤注一掷地——去重塑自我，但是新叙事身份的能力却被最小化了。因此，存在对于生活叙事的开放探索，以及范围广泛的对各种不同故事的叙述。但是也存在着封闭性和阻碍，阻止这些叙事转化成行动，或者相关行动步骤的系统描绘，抑或其他身份计划的发展(表 12.2)。

第七章和第九章的群体主要是描述性地陈述他们生活故事的人。他们的生活叙事呈现的是与简短的、有时是试验性的生活记录相关联的一系列的事实。很少有内在反思的证据，通常所呈现的生活故事也是简短而概括的。然而，生活故事的描述者中确实有一个群体拥有个人愿景的意识，会在生活故事叙事中附加行动步骤。我们称之为多重型描述者（表 12.3）。有时候个人愿景是非常个性化的，对特定职业的承诺，或者对家庭生活的愿景。在其他时候，它更多的是公共的和社会化的，比如，对“吉普赛身份”的信仰，或“吉普赛人的生活方式”。表 12.3 总结了多重型描述者的特征。

126 **表 12.2 空想型阐述者**

叙事性

- 高叙事性和自反性。
- 持续的个人化的阐述和个人叙事活动。
- 这个群体渴望独立和“成为某人”，但是至少原初脚本或者概括却又表达不清楚的愿景，如“独立的反叛者”、“战斗的女人”，阻碍了他们的故事。
- 没有能力描绘行动步骤。
- 缺乏自信和自我信念。
- 社会地位异常——反叛感和重新解释。在各个群体之间的移动。
- 灵活的回应和重新定位。大量的叙事活动，但是因为缺乏能动性，所以有未加阐释的漂泊感或对概括化的不满。

学习风格

- 学习与任何个性化的阐述相分离。
- 学习与新的行动步骤或新的身份计划的发展无关。
- 学习是工具性的，但是却用来传达他人的计划——通常，矛盾的是，那些他人成为自主性的来源。
- 总体来说，学校教育并不令人满意，尽管有证据表明对个人项目或专业有相当多的投入。很少享受学校的学习，在某种意义上是积极的厌恶。
- 个人发展。在多数情况下依然锁定在“成为某人”的过程的早期阶段。

表 12.3 多重型描述者

叙事性

- 低到中等的叙事性和自反性。
- 个人化的阐述——个人愿景较强。选择离开他们原来的社会或地理位置。
- 在“成为某人”的过程中。
- 自我信念——坚定的和有信心的——回应的自反性。善于重新定位和重新协商个人计划。

续 表

学习风格
▫ 工具性学习的导向同阐述的目标“成为某人”相一致。 ▫ 这个目标聚焦在职业性目标上，有时会被狭隘地定义——为了达成职业目标而进行策略性学习。 ▫ 因为没有整体的目标或叙事，而且几乎没有指向整体目标或叙事的工作投入，所以没有整体的叙事学习。

脚本型描述者的叙事强度低于其他群体(表 12. 4)。他们不习惯于谈论，或者
似乎不习惯于思考他们的生活。因此，他们的生活故事的讲述有点“结巴”，并带
有某种大体上未经操练的特征。他们的叙事不是对于生命意义的探寻，更像是对 127
于自身经历的排列和对于经历的事实性的描述。脚本型描述者具有强烈的根深
蒂固的身份意识，甚至在某些情况下，当故事讲述者是“旅行者”时也是如此。然
而，当变化来临时，生活也是一成不变，因为亲身经历的生活和所知道的生活，都
已经根深蒂固和常规化了。下表(表 12. 4)概括了脚本型描述者的特征。

表 12.4 脚本型描述者

叙事性
▫ 低叙事性和自反性。 ▫ 个人化的阐述——个人愿景较弱。 ▫ 对于先赋角色的承诺和所有权很高。 ▫ 自我信念——“这就是我要做的”、“这就是我”的感觉。一个先赋角色。重新定位——大范围地保留原初脚本；较弱的回应的灵活性。 ▫ 早期的叙事闭合——对学习和其他想象的未来的封闭。
学习风格
▫ 在先赋角色中学习。 ▫ 有时是职业性的，如约翰是“农夫”；有时是社会性的，如梅是“吉普赛人”。但是职业角色和社会角色引导学习，因此学习主要是工具性的。

回顾第七章到第十章，需要强调的是，这些叙事类型仅仅代表了人们在讲述他们的生活故事时所采用的主要模式。他们不是完全纯粹的，全有或全无的类别。所有的人都在这些叙事形式之间移动。尽管如此，在与生活故事的讲述者进行长时间的交谈后，我们往往会发现，大多数的人的确遵循一个基本的叙事类

型——一个阐述者在大多数时候会阐述，一个描述者在大多数时候会描述。这些不同的风格使人们对新的社会和经济前景的准备非常不同。

叙事建构主义的复杂的定位性凸显了现代世界的复杂性。我们已经指出后现代状态的一个悖论：在一个充满多元身份和快速变化的世界中，人们通常使用他们的叙事来“锚定”他们的自我意识，并且提供连续性和连贯性。正如鲍曼指出的那样，追求连贯性对其自身而言是一种负资产，但他也承认——就像其他人一样——连贯的目的感、坚定而稳定的方向坐标，对于叙事的建构具有持久的重要性。

这与亚当·柯蒂斯（Adam Curtis）在他精彩的电视纪录片《自我的世纪》（*The Century of the Self*，2002b）和《陷阱》（*The Trap*，2007）中所阐述的观点非常接近。这些作品也影响了其他评论家。马德琳·邦廷（Madelein Bunting）写道：

> 我们拥有的是个人叙事的嘈杂声音，每个人都想成为自己生活的作
> 128 者，没有人想被降低为一个更大的故事的一部分；每个人都想发表自己
> 的意见，却没有人愿意倾听。它是迷人的，它是自由的，但是它最终丧失
> 了影响力，因为你需要一个集体的叙事，而非个人的叙事才能实现变革。
>
> （Bunting，2009：23）

柯蒂斯指出，20世纪的一个关键人物是爱德华·伯奈斯（Edward Bernays），他为公司和美国总统们提供如何操纵人们潜意识欲望的建议。

> 在伯奈斯所描述的未来，你不会因为旧汽车被烧坏而购买一辆新车；你买一辆新车是为增加你的自尊，或是买一个低车身的车子以提高你的性感度[……]你不是出于责任给一个潜在的政党投票，也不是因为你相信它有促进公共利益的最佳政策；你这么做是因为你有一种隐秘的感觉，就是它给你提供了最可能提升和表达自己的机会。
>
> （Curtis，2002a：5）

因此，人们的个人欲望和叙事，在自我领域中上升到了中心舞台的位置。克里斯蒂安·萨尔蒙(Christian Salmon)在他的书《讲故事》(*Storytelling*)中对这一过程进行了尖锐的分析，这本书意图展现“人类对叙事形式的永恒的渴望，以及这种渴望在政客和产品背后的市场营销机制中是如何被滥用的”(Salmon，2010：封面)。

于是，个人的叙事可以被用来服务于公司的权利，以及服务于那些不断寻求只代表这些公司利益的人，也就是政客。不仅如此，新技术也以类似的方式支持个人的小众身份，但是也是以一种既能剥夺权力又能赋予权力的方式。

> 因为我们都把自己塞进一个巨大的电子大脑中，我们将逐渐失去每个人都封闭在一个私人的精神空间的感觉[……]我们的精神意识就被抛在外面，和脸书(Facebook)一样，每个人都可以访问它。
>
> (Booth，2008：43)

如此，自我的模式正在变化，与此同时，人类的本质也在改变。过去，我们的叙事是在我们内在对话的精神空间中进行重构，至少部分是如此；如今我们在网络空间进行交互式协商。在新的政治、经济和新的技术领域中，个人叙事的中心性表明，它们对于协商我们社会的未来方向具有绝对重要的作用。这本身就是一个为了更深刻地理解我们的叙事类型和完善我们如何应用和部署叙事资源的论述。正如塞内特和科布(Cobb)很久之前写的那样：“自我的碎片化与分化是意识为了回应环境而做出的安排，在这种环境中，尊重并不是理所当然的。”(Sennett和Cobb，1972：214)

这的的确确是人们现在通常生活的环境。为了对抗新社会秩序的叙事控制， 129
理解我们的叙事能力和资源是至关重要的。我们需要利用和部署“叙事资本”，将我们的个人叙事与更广泛的社会目的的叙事联系起来。不仅如此，我们的叙事资本还需要投入到新的灵活经济体所需要的经常性的“自我重塑”之中。在新的社会的未来，我们的叙事能力是决定我们未来世界形态的关键之一。

参考文献

Adams, T. (2002) 'How Freud got under our skin', *The Observer Review*, 10 March.

Anderson, N. (1923) *The Hobo*, Chicago: University of Chicago Press.

Andrews, M. (1991) *Lifetimes of Commitment: ageing, politics and psychology*, Cambridge: Cambridge University Press.

Armstrong, P. (1987) 'Qualitative strategies in social and educational research: the life history method in theory and practice', Newland Papers No. 14, Hull: School of Adult and Continuing Education, University of Hull.

Barrett, S. (ed.) (1906) *Geronimo's Story of his Life*, taken down and edited by S. M. Barrett, New York: Duffield.

Bauman, Z. (2001) *The Individualised Society*, Cambridge: Polity Press.

Bauman, Z. (2003) *Liquid Love*, Cambridge: Polity Press.

Becker, H. (1970) *Sociological Work: method and substance*, Chicago: Aldine.

Bernays, E. (1924) *Propaganda*, New York: Liveright.

Bertram, M. (2005) 'In interview with David Cameron', *The Guardian*, 15 May.

Booker, C. (2006) *The Seven Basic Plots: why we tell stories*, London: Continuum International Publishing Group.

Booth, M. (2008) 'The book is dead. Long live Facebook!' *The Independent*, 13 January.

Boyd, W. (2010) *Any Human Heart* directed and written by W. Boyd, http://www.channel4.com/programmes/any-human-heart, Channel 4 Online (accessed 27 February 2012).

Bradbury, M. (2000) *To the Hermitage*, London: Picador.

Branigan, T. (2005) 'Kennedy prepares for the next step', *The Guardian*, 20 May.

Bronk, R. (2009) *The Romantic Economist: imagination in economics*, Cambridge: Cambridge University Press.

Bunting, M. (2009) 'Market dogma is exposed as myth. Where is the new vision to unite us?' *The Guardian*, 28 June.

Caldwell, C. (2005) 'The final round for party politics', *The Financial Times*, 19 -

20 November.

Campbell, D. (1996) Wayne on a Warm Day, Review of 'Bad Business' by Dick Hobbs, London Review of Books, 20 June.

Csíkszentmihályi, M. (1991) *Flow: the psychology of optimal experience*, New York: Harper and Row.

Csíkszentmihályi, M. and Beattie, O. V. (1979) 'Life themes: a theoretical and empirical exploration of their origins and effects', *The Journal of Humanistic Psychology*, 19(1), winter.

Curtis, A. (2002a) 'How Freud got under our skin', *The Observer Review*, 10 March.

Curtis, A. (2002b) *The Century of the Self*, TV documentary series directed and written by Adam Curtis, BBC Four.

Curtis, A. (2007) *The Trap*, TV documentary series directed and written by Adam Curtis, BBC Two.

Cushman, P. (1990) 'Why the self is empty: toward a historically situated psychology', *American Psychologist*, 45(5), 599 - 611.

De Beauvoir, S. (1972) *The Coming of Age*, London and New York: Norton & Co.

Denzin, N. (1989) *Interpretative Biography*, London: Sage.

Denzin, N. (1991) 'Deconstructing the biographical method', paper presented at American Educational Research Association Conference, Chicago, 9 April.

Didion, J. (2008) 'A fateful election', *The New York Review*, 25 October.

Dollard, J. (1949) *Criteria for the Life History*, Magnolia, MA: Peter Smith.

Emin, T. (2007) 'My life in a column', *The Independent*, 23 November.

Flores, F. and Gray, J. (2000) *Entrepreneurship and the Wired Life: work in the wake of careers*, London: Demos.

Garton Ash, T. (2008) 'The more Obama is tested, the more he shows his presidential mettle', *The Guardian*, 23 October.

Geertz, C. (1973) *The Interpretation of Cultures: selected essays*, New York: Basic Books.

Goodson, I. F. (ed.) (1992) *Studying Teachers' Lives*, London and New York: Routledge.

Goodson, I. F. (1996) 'Scrutinizing life stories: storylines, scripts and social contexts', in D. Thiessen, N. Bascia and I. Goodson (eds.); *Making a Difference about Difference*, 123 - 138, Canada: Garamond Press.

Goodson, I. F. (2003) *Professional Knowledge, Professional Lives: studies in education and change*, Maidenhead and Philadelphia: Open University Press.

Goodson, I. F. (2004) 'Narrative capital and narrative learning', paper given to a workshop at the University of Viborg in November. This paper was considerably extended in doctoral classes given at the University of Barcelona in a course on life stories during the period January-July 2005.

Goodson, I. F. (2005) *Learning, Curriculum and Life Politics*, London: Routledge.

Goodson, I. F. (2008) *Investigating the Teacher's Life and Work*, Rotterdam, Boston and Taipei: Sense.

Goodson, I. F. and Ball, S. (1985) *Teachers' Lives and Careers*, London, New York and Philadelphia: Falmer.

Goodson, I. F., Biesta, G., Tedder, M. and Adair, N. (2010) *Narrative Learning*, London and New York: Routledge.

Goodson, I. F. and Gill, S. (2011) *Narrative Pedagogy*, New York: Peter Lang.

Goodson, I. F. and Hargreaves, A. (1996) *Teachers' Professional Lives*, London, New York and Philadelphia: Falmer.

Goodson, I. F. and Hargreaves, A. (2003) '*Change Over Time? A Study of Culture, Structure, Time and Change in Secondary Schooling*', USA: The Spencer Foundation.

Goodson, I. F. and Lindblad, S. (eds.) (2010) *Professional Knowledge and Educational Restructuring in Europe*, Rotterdam, Boston and Taipei: Sense.

Goodson, I. F. and Sikes, P. (2001) *Life History Research in Educational Settings: learning from lives*, Buckingham and Philadelphia: Open University Press.

Goodson, I. F. and Walker, R. (1991) *Biography, Identity and Schooling*, London, New York and Philadelphia: Falmer.

Graham, R. (2004) 'Thinker, Writer, Soldier, Spy', *Financial Times Weekend*, 27/28 November.

Harrison, J. F. C. (1995) *Scholarship Boy: a personal history of the mid-twentieth century*, London: Rivers Oram Press.

Hoggart, R. (1990) *Uses of Literacy: working class life*, London: Chatto & Windus.

Jeffries, S. (2007) 'To have and to hold', *The Guardian*, G2, 20 August.

Kermode, F. (1967) *The Sense of an Ending: studies in the theories of fiction*, Oxford: Oxford University Press.

Knightley, P. (1998) 'Cool lives in the last days of love and marriage', *Sunday Times*, 18 October.

Lambert, R. (1968) *The Hothouse Society: an exploration of boarding-school life through the boys' and girls' own writings*, UK: Weidenfeld & Nicolson.

Lasch, C. (1977) *Haven in a Heartless World*, New York: Basic Books.

Lifton, R. J. (1993) *The Protean Self: human resilience in an age of fragmentation*, New York: Basic Books.

McAdams, D. (1996) 'Personality, modernity, and the storied self: a contemporary framework for studying persons', *Psychological Inquiry*, 7(4), 295 - 321.

McAdams, D. (2001) 'The psychology of life stories', *Review of General Psychology*, 5(2), 100 - 122.

McEwan, I. (1997) *Enduring Love*, London: Vintage.

McEwan, I. (2005) *Saturday*, London: Penguin.

Macintyre, A. (1981) *Virtue: a study in moral theory*, London: Gerald Duckworth & Company Ltd.

Marshall, G. (2001) 'Comment', *The Observer*, 28 October (see climate changes: http://www.risingtide.org.uk (accessed 28 February 2012).

Maslow, A. (1954) *Motivation and Personality*, New York: Harper Row.

Menaud, L. (1991) 'Man of the people', a review of *The True and Only Heaven* by C. Lasch, *New York Review of Books*, XXXVIII (7), 11 April.

Miller, J. (2010) *Crazy Age: Thoughts on Being Old*, London: Virago Press.

Munro, P. (1998) *Subject to Fiction: Women Teachers' Life History Narratives and the Cultural Politics of Resistance*, Buckingham: Open University Press.

Obama, B. (1995) *Dreams of My Father*, New York: Three Rivers Press.

Obama, B. (2006) *The Audacity of Hope*, New York: Crown Publishers, Random House.

O'Hagan, S. (2005) 'Boss class', *The Observer Magazine*, 24 April.

Putnam, R. (2001) *Bowling Alone: the collapse and revival of American community*, New York: Simon & Schuster.

Raban, J. (2008) 'He won but by what means?' *The Guardian*, 8 November.

Radin, I. (1920) 'Crashing thunder', *Publications in Archaeology and Ethnology*, 26, 381 - 473.

Richardson, J. G. (ed.) (1986) *The Handbook of Theory and Research for the Sociology of Education*, Westport, CT: Greenwood Press.

Robinson, J. (2007) 'Gloves come off as Mirror and Cameron declare war', *The Guardian*, 10 June.

Sage, L. (1994) 'How to do the life', review of *Writing Dangerously: Mary McCarthy and her world* by C. Brightman, *The London Review of Books*, 10 February.

Sage, L. (2001) *Bad Blood*, UK: Fourth Estate.

Salmon, C. (2010) *Storytelling: bewitching the modern mind*, London and New York: Verso.

Scott Peck, M. (1978) *The Road less Travelled: a new psychology of love, traditional values and spiritual growth*, London: Arrow Books.

Semprun, J. (2004) 'Interview', *Financial Times Weekend*, 27/28 November.

Senge, P. (1995) *The Fifth Discipline*, New York: Doubleday.

Sennett, R. (1998) *The Corrosion of Character: the personal consequences of work in the new capitalism*, London and New York: WW Norton.

Sennett, R. and Cobb, J. (1972) *The Hidden Injuries of Class*, New York: Knopf.

Shaw, C. (1930) *The Jack-Roller*, Chicago: University of Chicago Press.

Small, H. (2007) *The Long Life*, Oxford: Oxford University Press.

Solomons, J. (2009) 'Cinema's a very shocking tool. You must ask yourself what you're using it for', *Observer Film Magazine*, 6 December.

Steedman, C. (1986) *Landscape for a Good Woman*, London: Virago Press.

Thresher, F. (1928) *The Gang: a study of 1313 gangs in Chicago*, Chicago: University of Chicago Press.

Troy, G. (1999) 'Prosperity doesn't age well', *The New York Times*, 24 September.

University of Brighton and University of Sussex (2006 - 2009) 'Cultural geographies of counter-diasporic migration: the second generation returns "home" ', Arts and Humanities Research Board funded.

University of Brighton, University of Exeter, University of Stirling, University of Leeds (2003 - 2008) 'Learning lives: learning, identity and agency in the life course', ESRC funded. http://www.learninglives.org/index.html (accessed 28 February 2012).

University of Brighton, University of Gothenburg, National and Kopodistorian University of Athens, University of Joensuu, University of Barcelona, University of the Azores, St. Patrick's College Dublin City University, University of Stockholm (2003 - 2007) 'Professional knowledge in education and health: restructuring work and life between state and citizens in Europe' (PROFKNOW), EU funded, http://www.ips.gu.se/english/Research/research_programmes/pop/current_research/profknow (accessed 28 February 2012).

Walker, R. M. (2008) 'A page has turned', *The Guardian*, 6 November.

Williams, H. (2005) *A Chronology of World History*, London: Cassell.

Willinsky, J. (1989) 'Getting personal and practical with personal practical knowledge', *Curriculum Inquiry*, 3(19),247 - 264.

Wirth, L. (1928) *The Ghetto*, Chicago: University of Chicago Press.

Zorbaugh, H. (1929) *The Gold Coast and the Slum: a sociological study of Chicago's north side*, Chicago: University of Chicago Press.

艾沃·古德森教授有关叙事研究的近期论著

专著

—— (1992) *Studying Teachers' Lives*, London and New York: Routledge.

—— (2000) *Livshistorier-kilde til forståelse av utdanning*, Bergen, Norway: Fagbokforlaget.

—— (2001) *Life Histories of Teachers: understanding life and work*, Japan: Koyo Shobo.

—— (2001) *The Birth of Environmental Education*, P. R. China, East China: Normal University Press.

—— (2003) *Professional Knowledge, Professional Lives: studies in education and change*, Maidenhead and Philadelphia: Open University Press.

—— (2003) *Väd är Professionell Kunskap? Förändrade Värdingar av Lärares Yrkesroll*, Sweden: Studentlitteratur.

—— (2005) *Learning, Curriculum and Life Politics: the selected works of Ivor F. Goodson*, Abingdon: Taylor & Francis.

—— (2007) *Politicas do Conhecimento: vida e trabalho docente entre saberes e instituições* (Organizaçâo e tradução: Raimundo Martins e Irene Tourinho), Brazil: Coleção Desenrêdos.

—— (2007) *Professional Knowledge, Professional Lives*, Beijing: Beijing Normal University Press.

—— (2007) *Professionel Viden. Professionelt Liv: studier af uddannelse og forandring*, Denmark: Frydenlund.

—— (2008) *Investigating the Teacher's Life and Work*, Rotterdam, Boston and Taipei: Sense.

—— (2009) *Developing Professional Knowledge about Teachers*, Hangzhou: Zhehiang University Press.

—— (2010) *Through the Schoolhouse Door*, Rotterdam, Boston and Taipei: Sense Publishers.

—— (2011) *Life Politics: conversations about education and culture*, Rotterdam,

Boston and Taipei: Sense Publishers.

—— (2011) *The Life History of a School*, New York and London: Peter Lang.

—— and Ball, S. (eds.) (1984) *Defining the Curriculum: histories and ethnographies*, London, New York and Philadelphia: Falmer.

—— and Ball, S. (eds.) (1985) *Teachers' Lives and Careers*, London, New York and Philadelphia: Falmer.

—— and Ball, S. (eds.) (1989) *Teachers' Lives and Careers*, London, New York and Philadelphia: Falmer/Open University, Open University Set Book Edition.

——, Biddle, B. J. and Good, T. L. (eds.) (2000) *La Enseñanza y los Profesores, III, la Reforma de la Enseñanza en un Mundo en Transformación*, Barcelona: Ediciones Paidós Ibérica.

——, Biesta, G. J. J., Field, J., Macleod, F. *et al.* (2011) *Improving Learning Through the Life Course*, London and New York: Routledge.

——, Biesta, G. J. J., Tedder, M. and Adair, N. (2010) *Narrative Learning*, London and New York: Routledge.

—— and Gill, S. (2010) *Narrative Pedagogy*, New York: Peter Lang.

—— and Hargreaves, A. (eds.) (1996) *Teachers' Professional Lives*, London, New York and Philadelphia: Falmer Press.

—— and Lindblad, S. (eds.) (2010) *Professional Knowledge and Educational Restructuring in Europe*, Rotterdam, Boston and Taipei: Sense.

——, Loveless, A. and Stephens, D. (eds.) (2012) *Explorations in Narrative Research, Rotterdam*, Boston and Taipei: Sense Publishers.

—— and Numan, U. (2003) *Life History and Professional Development: stories of teachers' life and work*, Lund: Studentlitteratur.

—— and Sikes, P. (2001) *Life History Research in Educational Settings: learning from lives*, Buckingham and Philadelphia: Open University Press.

—— and Sikes, P. (2006) *Life History in Educational Settings*, Japan: P. Koyoshuto.

—— and Walker, R. (1991) *Biography, Identity and Schooling*, London, New York and Philadelphia: Falmer.

共编书籍

—— (1983) 'Life histories and teaching', in M. Hammersley (ed.) *The Ethnography of Schooling*, Driffield: Nafferton.

—— (1985) 'History context and qualitative method', in R. C. Burgess (ed.) *Strategies for Educational Research*, London, New York and Philadelphia: Falmer

Press.

—— (1988) 'Putting life into educational research', in R. Webb and R. Sherman (eds.) *Qualitative Studies in Education*, 110 – 122, London, New York and Philadelphia: Falmer Press.

—— (1989) 'Understanding/undermining hierarchy and hegemony-a critical introduction', in A. Hargreaves *Curriculum and Assessment* Reform, 1 – 14, Milton Keynes and Philadelphia: Open University Press.

—— (1990) 'Teachers' lives', in J. Allen and J. Goetz *Qualitative Research in Education*, 150 – 160, Atlanta: Nova Science Publishers.

—— (1992) 'Dar voz ao professor: as historias de vida dos professores e o seu desenvolvimento profissional', in A. Novoa (ed.) *Vidas de Professores*, Coleccao Ciencias Da Educacao, Portugal: Porto Editora.

—— (1992) 'Laroplansforskning: mot ett socialt konstruktivistiskt perspektiv', in S. Selander (ed.) *Forskning om Utbildning*, 136 – 155, Stockholm/Skane: Brutus Ostlings Bokforlag Symposion.

—— (1992) 'Studying teachers' lives: an emergent field of inquiry', in I. F. Goodson (ed.) *Studying Teachers' Lives*, 1 – 17, London and New York: Routledge.

—— (1992) 'Studying teachers' lives: problems and possibilities', in I. F. Goodson (ed.) *Studying Teachers' Lives*, 234 – 249, London and New York: Routledge.

—— (1993) 'Sponsoring the teacher's voice', in M. Fullan and A. Hargreaves (eds.) *Understanding Teacher Development*, London: Cassell and New York Teachers' College Press.

—— (1993) '"Un pacte avec le diable" ou des éléments de réflexion à l'intention des formateurs de maîtres', in *L'université et le milieu scolaire: partenaires en formation des maîtres*, Actes du troisième colloque, 3 – 21, November, Montreal: Université McGill.

—— (1995) 'Basil Bernstein and aspects of the sociology of the curriculum', in P. Atkinson, B. Davies and S. Delamont (eds.) *Discourse and Reproduction*, Cresskill, New Jersey: Hampton Press.

—— (1995) 'The context of cultural inventions: learning and curriculum', in P. Cookson and B. Schneider (eds.) *Transforming Schools*, 307 – 327, New York and London: Garland Press.

—— (1996) 'Representing teachers: bringing teachers back in', in M. Kompf (ed.) *Changing Research and Practice: teachers' professionalism, identities and knowledge*, London and New York and Philadelphia: Falmer Press.

—— (1996) 'Scrutinizing life stories: storylines, scripts and social contexts', in

D. Thiessen, N. Bascia and I. Goodson (eds.) *Making a Difference About Difference*, 123 - 138, Canada: Garamond Press.

—— (1996) 'Studying the teacher's life and work', in J. Smyth (ed.) *Critical Discourses on Teacher Development*, London: Cassell.

—— (1996) 'The personal and political', in T. Tiller, A. Sparkes, S. Karhus and F. Dowling Naess (eds.) *Reflections on Educational Research: the qualitative challenge*, Landas: Caspar Forlag A/S.

—— (1996) 'Towards an alternative pedagogy', in S. Steinberg and J. Kincheloe (eds.) *Taboo, The Journal of Culture and Education*, autumn.

—— (1997) 'Action research and the reflexive project of selves', in S. Hollingsworth (ed.) *International Action Research: a casebook for educational reform*, London and Washington: Falmer Press.

—— (1997) 'Holding on together: conversations with Barry', in P. Sikes and F. Rizvi (eds.) *Researching Race and Social Justice Education-essays in honour of Barry*, Troyna, Staffordshire: Trentham Books.

—— (1997) 'New patterns of curriculum change', in A. Hargreaves (ed.) *A Handbook of Educational Change*, Netherlands: Kluwer.

—— (1997) 'The life and work of teaching', in B. Biddle, T. Good and I. Goodson (eds.) *A Handbook of Teachers and Teaching*, 1 and 2, Netherlands: Kluwer.

—— (1997) 'Trendy theory and teacher professionalism', in A. Hargreaves and R. Evans (eds.) *Beyond Educational Reform*, Buckingham (UK) and Philidelphia (USA): Open University Press.

—— (1998) 'Storying the self' in W. Pinar (ed.) *Curriculum: Towards New Curriculum Identities*, London and New York: Taylor & Francis.

—— (1999) 'A crise da mudança curricular: algumas advertências sobre iniciativas de reestruturação', in L. Peretti and E. Orth (eds.) *Século XXI: Qual Conhecimento? Qual Currículo?* 109 - 126, Petrópolis, Brazil: Editora Vozes.

—— (1999) 'Entstehung eines Schulfachs', in I. Goodson, S. Hopmann and K. Riquarts (eds.) *Das Schulfach als Handlungsrahmen: vergleichende Untersuchung zur Geschichte und Funktion der Schulfächer*, 151 - 176, Cologne, Weimar, Vienna, Böhlau: Böhlau-Verlag GmbH & Cie.

—— (1999) 'Representing teachers', in M. Hammersley (ed.) *Researching School Experience: ethnographic studies of teaching and learning*, London and New York: Falmer Press.

—— (1999) 'Schulfächer und ihre Geschichte als Gegenstand der Curriculumforschung im angelsächsischen Raum', in I. Goodson, S. Hopmann and K. Riquarts (eds.)

Das Schulfach als Handlungsrahmen: vergleichende Untersuchung zur Geschichte und Funktion der Schulfächer, 29 – 46, Cologne, Weimar, Vienna, Böhlau: Böhlau-Verlag GmbH & Cie.

—— (2000) 'Professional knowledge and the teacher's life and work', in C. Day, A. Fernandez, T. E. Hauge and J. Møller (eds.) *The Life and Work of Teachers: international perspectives in changing times*, London and New York: Falmer Press.

—— (2001) 'Basil Bernstein F. 1925 – 2000', in J. Palmer (ed.) *Fifty Modern Thinkers on Education: from Piaget to the present*, 161 – 169, London and New York: Routledge.

—— (2002) 'Afterword — international educational research: content, context, and methods', in L. Bresler and A. Ardichvili (eds.) *Research in International Education: experience, theory, with practice*, 180, 297 – 302, New York: Peter Lang.

—— (2004) 'Change processes and historical periods: an international perspective', in C. Sugrue (ed.) *Curriculum and Ideology: Irish experiences, international perspectives*, Dublin: The Liffey Press.

—— (2005) 'The personality of change', in W. Veugelers and R. Bosman (eds.) *De Strijd om het Curriculum*, Antwerpen/Apeldoorn: Garant (sociology of education series).

—— (2006) 'Socio-historical processes of curriculum change', in A. Benavot and C. Braslavsky (eds.) *School Knowledge in Comparative and Historical Perspective: changing curricula in primary and secondary education*, Comparative Education Research Centre, Hong Kong: The University of Hong Kong.

—— (2008) 'Procesos sociohistóricos de cambio curricular' in A. Benacot and C. Braslavsky (eds.) *El Conocimiento Escolar en una Perspectica Histórica y Comparativ: cambios de currículos en la educación Primaria y Secundaria*, in *Perspectivas en Educación*.

—— (2008) 'Schooling, curriculum, narrative and the social future', in C. Sugrue (ed.) *The Future of Educational Change: international perspectives*, 123 – 135, Routledge: Abingdon.

—— (2008) 'The pedagogic moment: searches for passion and purpose in education', in *At Sætte Spor en Vandring fra Aquinas til Bourdieu — æresbog til Staf Callewaert*, Denmark: Forlaget Hexis.

—— (2009) 'L'interrogation des réformes éducatives: la contribution des études biographiques en éducation', in J.-L. Derouet and M.-C. Derrout-Bresson (eds.)

Repenser la justice dans la domaine de l'éducation et de la formation, 311 - 330, Berlin, Brussels, Frankfurt am Main, New York, Oxford, Vienna: Peter Lang.

—— (2009) 'Listening to professional life stories: some cross-professional perspectives', in H. Plauborg and S. Rolls (eds.) *Teachers' Career Trajectories and Work Lives*, 3, 203 - 210, Dordrecht, Heidelberg, London and New York: Springer.

—— (2009) 'Personal history and curriculum study', in E. Short and L. Waks (eds.) *Leaders in Curriculum Studies: intellectual self-portraits*, 91 - 104, Rotterdam, Boston and Tapei: Sense.

—— (2012) 'Case study and the contemporary history of education', in J. Elliot and N. Norris (eds.) *Curriculum, Pedagogy and Education Research: the work of Lawrence Stenhouse*, London and New York: Routledge.

—— and Ball, S. (1985) 'Understanding teachers: concepts and contexts', in S. Ball and I. Goodson (eds.) *Teachers' Lives and Careers*, London and Philadelphia: Falmer Press.

—— and Cole, A. (1993) 'Exploring the teacher's professional knowledge', in D. McLaughlin and W. G. Tierney (eds.) *Naming Silenced Lives*, 71 - 94, London and New York: Routledge.

—— and Gill, S. (2011) 'Life history and narrative methods', in B. Somekh and C. Lewin (eds.) *Theory and Methods in Social Research*, 2nd edition, Los Angeles, London, New Delhi, Singapore, Washington DC: Sage.

—— and Walker, R. (1995) 'Telling tales', in H. McEwan and K. Egan (eds.) *Narrative in Teaching, Learning, and Research*, 184 - 194, New York: Teachers College Press.

科技报告

—— (1991) 'Studying teacher's lives: problems and possibilities' from the project 'Studying Teacher Development', London, Ontario: Faculty of Education, University of Western Ontario.

—— (1999) 'Studying the teacher's life and work', in P. Kansanen (ed.) 'Discussions on some educational issues VIII, Research Report', Volume 204, Helsinki, Finland: Department of Teacher Education, University of Helsinki.

——, Biesta, G., Field, J., Hodkinson, P. and Macleod, F. (2008) 'Learning lives: learning, identity and agency in the life course', The Economic Research Council [Reference: RES-139-25-0111].

——, Fliesser, C. and Cole, A. (1990) 'Induction of community college instructors', from the Interim Report of the project 'Studying Teacher Development', 50 - 56,

London, Ontario: Faculty of Education, University of Western Ontario.

—— and Mangan, J. (1991) 'An alternative paradigm for educational research', from the project 'Studying Teacher Development', London, Ontario: Faculty of Education, University of Western Ontario.

——, Mangan, J. and Rhea, V. A. (eds.) (1990) 'Teacher development and computer use in schools', Interim Report No. 4 from the project 'Curriculum and Context in the Use of Computers for Classroom Learning', London, Ontario: Faculty of Education, University of Western Ontario.

专题论文

——, Biesta, G. J. J., Tedder, M. and Adair, N. (eds.) (2008) 'Learning from life: the role of narrative', Learning Lives summative working paper, University of Stirling: The Learning Lives project.

—— and Mangan, M. (eds.) (1991) 'Qualitative studies in educational research: methodologies in transition', *RUCCUS Occasional Papers*, 1,334, University of Western Ontario.

—— and Mangan, M. (eds.) (1992) 'History, context, and qualitative methods in the study of education', *RUCCUS Occasional Papers*, 3,279, University of Western Ontario.

——, Müller, J., Hernández, F., Sancho, J., Creus, A., Muntadas, M., Larrain, V. and Giro, X. (2006) 'European schoolteachers' work and life under restructuring: professional experiences, knowledge and expertise in changing contexts' for the ProfKnow Consortium, Brighton: University of Brighton.

—— and Norrie, C. (eds.) (2005) 'A literature review of welfare state restructuring in education and health care in European contexts: implications for the teaching and nursing professions and their professional knowledge' for the ProfKnow Consortium, Brighton: University of Brighton.

期刊文献

—— (1980 - 1981) 'Life histories and the study of schooling', Interchange, 11(4).

—— (1986) 'Stuart's first year', *New Era*, August.

—— (1990) 'Laronplansforskning: mot ett socialt konstruktivistiskt perspektiv', *Forskning om utbildning*, 1,4 - 18.

—— (1991) 'Sponsoring the teacher's voice', *Cambridge Journal of Education*, 21 (1),35 - 45.

—— (1992) 'Investigating schooling: from the personal to the programmatic', *New*

Education, 14(1),21 - 30.

—— (1993) 'Forms of knowledge and teacher education', in P. Gilroy and M. Smith (eds.) *International Analyses of Teacher Education*, *Jet Papers 1*, Abingdon, Oxfordshire: Carfax.

—— (1993) 'The Devil's bargain', *Education Policy Analysis Archives* (electronic journal), 1(3).

—— (1994) 'From personal to political: developing sociologies of curriculum', *Journal of Curriculum Theorizing*, 10(3),9 - 31.

—— (1994) 'Qualitative research in Canadian teacher education: developments in the eye of a vacuum', *International Journal of Qualitative Studies in Education*, 7(3), 227 - 237.

—— (1994) 'Studying the teacher's life and work', *Teaching and Teacher Education*, 10(1),29 - 37.

—— (1994) 'The story so far: personal knowledge and the political', *Resources in Education*, ERIC Issue RIEMAR95, I. D.: ED 376 60.

—— (1995) 'A genesis and genealogy of British curriculum studies', *Curriculum and Teaching*, 9(1),14 - 25.

—— (1995) 'Education as a practical matter', *Cambridge Journal of Education*, 25 (20),137 - 148.

—— (1995) 'Storying the self: life politics and the study of the teacher's life and work', *Resources in Education*, ERIC Issue RIEJAN96, I. D.: 386 454.

—— (1995) 'The story so far: personal knowledge and the political', *International Journal of Qualitative Studies in Education*, 8(1),89 - 98.

—— (1996) 'Towards an alternative pedagogy', *Taboo*, *The Journal of Culture and Education*, autumn.

—— (1997) 'Action research and the reflective project of self', *Taboo*, *The Journal of Culture and Education*, spring.

—— (1997) 'Representing teachers', *Teaching and Teacher Education: An International Journal of Research and Studies*, 13(1).

—— (1997) 'Trendy theory and teacher professionalism', *Cambridge Journal*, 27 (1),7 - 22, spring.

—— (1998) 'Preparing for post-modernity: storying the self', *Educational Practice and Theory*, 20(1),25 - 31.

—— (1999) 'Professionalism i reformtider', *Pedagogiska Magasinet*, 4,6 - 12, December.

—— (1999) 'The educational researcher as a public intellectual', *British Educational*

Research Journal, 25(3).

—— (2000) 'Life histories and professional practice', *Curriculum and Teaching*, 16 (1).

—— (2000) 'The principled professional', *Prospects*, UNESCO, Geneva, January, 181 - 188.

—— (2001) 'Med livet som innsats (faktor)', *Bedre Skole: Norsk Lærerlags Tidsskrift for Pedagogisk Debatt*, Oslo, 1,49 - 51.

—— (2001) 'Social histories of educational change', *Journal of Educational Change*, 2(1),45 - 63.

—— (2001) 'The story of life history: origins of the life history method in sociology', *IDENTITY: An International Journal of Theory and Research*, 1(2),129 - 142.

—— (2002) 'De la historia al futuro: nuevas cadenas de cambio Entrevista a Ivor Goodson', *Revista Páginas de la Escuela de Ciencias de la Educación U. N. C.*, 2 (2) and 3,9 - 17, Córdoba, September.

—— (2002) 'La personalidad de las reformas', *Cuadernos de Pedagogía*, 319,34 - 37, December.

—— (2002) 'Un curriculum para una sociedad democrática y plural Entrevista con... Ivor Goodson', *KIKIRIKI* - 62/63, 25 - 30, September 2001/ February 2002.

—— (2003) 'Hacia un desarrollo de las historias personales y profesionales de los docentes', *Revista Mexicana de Investigacion Educativa*, *VIII* (19), September-December.

—— (2004) 'Onderwijsvernieuwers vergeten de leerkracht', *Didaktief*, 34(3), March.

—— (2005) 'The exclusive pursuit of social inclusion', *Forum*, 47(2),145 - 150.

—— (2006) 'The reformer knows best, destroying the teacher's vocation', *Forum*, 48(3),253 - 259.

—— (2007) 'All the lonely people: the struggle for private meaning and public purpose in education', *Critical Studies in Education*, 48(1),131 - 148, March.

—— (2007) 'Currículo, narrativa e o futuro social', *Revista Brasileira de Educação* 12(35), May/August.

—— (2007) 'Questionando as reformas educativas: a contribuição dos estudos, biográficos na educação' (Dossiê Temático: Em Multiplicidades nomeia-se currículo, organizado por Antonio Carlos Amorim), *Pro Posições*, 8, No. 2(53), 17 - 38, May/August.

—— (2010) 'Times of educational change: towards an understanding of patterns of historical and cultural refraction', *Journal of Educational Policy*, 25(6),767-775.

—— and Adlandsvik, R. (1999) 'Møte med Ivor F. Goodson', *Norsk PEDAGOGISK ttidsskrift*, 82(2)96-102.

—— and Anstead, C. (1993) 'Structure and mediation: glimpses of everyday life at the London technical and commercial high school, 1920-40', *American Journal of Education*, 102(1),55-79.

—— and Anstead, C. (1995) 'Schooldays are the happiest days of your life', *Taboo, The Journal of Culture and Education*, 11,39-52.

—— and Anstead, C. (1998) 'Heroic principals and structures of opportunity: conjoncture at a vocational high school', *International Journal of Leadership in Education*, 1(1),61-73, January.

—— and Baraldi, V. (1999) 'Entrevista, Ivor Goodson with V. Baraldi', *Revista El Cardo*, UNER, Year 2,2(2),29-31.

—— and Cole, A. (1994) 'Exploring the teacher's professional knowledge', *Teacher Education Quarterly*, 21(1),85-106.

—— and Fliesser, C. (1994) 'Exchanging gifts: collaborative research and theories of context', *Analytic Teaching*, 15(2).

—— and Fliesser, C. (1995) 'Negotiating fair trade: towards collaborative relationships between researchers and teachers in college settings', *Peabody Journal of Education*, 70(3),5-17.

—— and Fliesser, C. (1998) 'Exchanging gifts: collaboration and location', *Resources in Education*, February.

—— and Foote, M. (2001) 'Testing times: a school case study with M. Foote', *Education Policy Analysis Archives*, 9(2), January (http://epaa. asu. edu/epaa/v9n2. html), accessed 28 February 2012.

—— and Hargreaves, A. (2006) 'The rise of the life narrative', *Teacher Education Quarterly*, 33(4),7-21.

—— and Mangan, J. M. (1996) 'Exploring alternative perspectives in educational research', *Interchange*, 27(1),41-59.

—— and Mangan, J. M. (1996) 'New prospects/new perspectives: a reply to Wilson and Holmes', *Interchange*, 27(1),71-77.

——, Moore, S. and Hargreaves, A. (2006) 'Teacher nostalgia and the sustainability of reform: the generation and degeneration of teachers' missions, memory, and meaning', *Educational Administration Quarterly*, 42(1),42-61.

——, Muller, J., Norrie, C. and Hernandez, F. (2010) 'Restructuring teachers' work-lives and knowledge in England and Spain', *Compare: A Journal of Comparative and International Education*, 40(3),265 - 277, May.

—— and Norrie, C. (2009) 'Les enseignants de demain: perspective anglo-saxonne sur la restructuration des vies professionnelles et des connaissances des enseignants du primaire', *Des ensiegnants pour demain, éducation et sociétés*, edited by Patrick Rayou, No. 23(1),153 - 168.

—— and Numan, U. (2002) 'Teacher's life worlds, agency and policy contexts', *Teachers and Teaching: Theory and Practice*, 8 (3/4), 269 - 277, August/November.

—— and Pik Lin Choi, J. (2008) 'Life history and collective memory as methodological strategies: studying teacher professionalism', *Teacher Education Quarterly*, 35(2),5 - 28.

——, Sikes, P. and Troyna, B. (1996) 'Talking lives: a conversation about life', *Taboo, The Journal of Culture and Education*, 1,35 - 54.

图书在版编目(CIP)数据

发展叙事理论：生活史与个人表征/(英)艾沃·古德森著；屠莉娅，赵康译.—上海：华东师范大学出版社，2020
ISBN 978-7-5760-0571-4

Ⅰ.①发… Ⅱ.①艾…②屠…③赵… Ⅲ.①叙述学—理论研究 Ⅳ.①I045

中国版本图书馆 CIP 数据核字(2020)第 130938 号

发展叙事理论：生活史与个人表征

著　　者　[英]艾沃·古德森
译　　者　屠莉娅　赵　康
策划编辑　王冰如　王丹丹
责任编辑　彭呈军
特约审读　王丹丹
责任校对　杨海红
装帧设计　刘怡霖

出版发行　华东师范大学出版社
社　　址　上海市中山北路 3663 号　邮编 200062
网　　址　www.ecnupress.com.cn
电　　话　021-60821666　行政传真 021-62572105
客服电话　021-62865537　门市(邮购)电话 021-62869887
地　　址　上海市中山北路 3663 号华东师范大学校内先锋路口
网　　店　http://hdsdcbs.tmall.com

印 刷 者　杭州日报报业集团盛元印务有限公司
开　　本　787×1092　16 开
印　　张　12.5
字　　数　183 千字
版　　次　2020 年 11 月第 1 版
印　　次　2020 年 11 月第 1 次
书　　号　ISBN 978-7-5760-0571-4
定　　价　42.00 元

出 版 人　王　焰